KB177796

괜찮다는 말은 차마 못했어도

못했어도

차마

말은

괜찮다는

글

사진

함정임

작가
정신

괜찮다는 말은 차마 못했어도

혀끝에 맴도는 말을
품고 살았다.

누군가 나에게
괜찮냐고 물어올 때가
있었고, 내가 누군가에게
괜찮냐고 물어보고 싶을
때가 많았다.

뜨거운 것이 목울대까지 맺혀

올라와 혀끝에
매달릴 때마다
썼다. 쓰는 수밖에
없었다. 내 눈에 비친
'세상 풍경'을 짧게도 썼고,
조금 길게도 썼다.
길게는 매주 썼고,
조금 숨 돌려 격주로
썼다.

그런데 사실은,
지금까지 걸어온 길이 글쟁이 업인데,
이 몇 년간
이름을 얹고 지면에 쓰는 행위가
부끄러웠다. 한 글자도 쓸 수 없는데,
썼다. 쓰는 것이
무의미하고
고통스러웠다.
오래전에도 그런 적이

있었다.

매주, 매달 사건이 터졌다.
가까이에서 멀리에서
그야말로 물밀듯이
재난, 재앙이 닥쳤다.
한편, 광장에서 광장으로,
촛불 혁명도 있었다.

쓰는 것은 생각하는 것이다.
이 간단한 사실을
진리인 양
되새긴다.

생각하는 것은
누군가에게 괜찮냐고 묻지 않아도
마음으로 아는 일이고,
누군가의 손에
내 마른 손을 얹는 일이고,

누군가를 품고,
순리대로 떠나보내는
일이다.

먼 곳의 일이
나를 잠 못 들게 하고, 나의 일이
누군가의 가슴을 아프게
만든다. 잠에서 깨어나 잠들 때까지,
그곳이 어디든, 별일이 없기를
빈다. 언젠가부터,
괜찮냐고 묻는 것이
차마 꺼내기 어려운 일이
되었다.

희극인들이
혈육의 죽음 속에서도
웃음을 연기하듯
글쟁이들은
몰아치는 세상의 비참 속에서도

삶을 쓴다.

공포나 불안이 아니면 체념이,
그리움이나 애틋함이 아니면
덧없음이 도사리고 있다.
하루하루 별일 없기를 기원하고,
뒤돌아 안도하는 마음으로
사는 것이 일상이 되었다.

여기에 모인 글들은
바닷가 서재에서
불안과 공포, 체념과 덧없음을 떨치며
추모의 마음으로
애도 일기를 쓰듯
건져 올린 하찮지만
고유한 삶의 편린들이다.

밀려왔다 밀려가는
파도를 따라

혀끝에 맴돌던 말들을
여름의 안부로
건네본다.

2018년 여름,
해운대 달맞이 언덕
바닷가 서재에서

당신의 여름은
괜찮습니까

검은 숲길을 걸어
한참을

내 마른 손으로
너의 작은 손을 잡고

사랑에 관한
긴 이야기

당신의　　　　　　　　　　여름은

괜찮습니까

삶의 움직임, 또는 방향

내가 하루 중 많은 시간을 보내는 곳은 창밖으로 바다가 보이는 달맞이 언덕의 서재이다. 삶에서 내가 중요하게 여기는 몇 가지가 있는데, 그중 하나가 창窓이다. 이사 갈 집을 볼 때, 서재와 책상의 위치를 정할 때, 열차를 타고 먼 곳으로 떠나고 돌아올 때, 그리고 누군가와 카페 또는 식당에 앉을 때, 창의 위치와 창밖의 형편을 살핀다. 이러한 의식과 행위는 빛, 또는 지향성과 관계가 있다. 버지니아 울프의 장편소설 『등대로』, 마르셀 프루스트의 『잃어버린 시간을 찾아서』, 샤를 보들레르의 시 「등대들」의 세계가 그것이다.

보들레르는 캄캄한 바다에서 길을 잃지 않도록, 또는 길을 잃을 때마다 빛이 되어줄 등대 같은 존재로 루벤스, 레오나르도, 렘브란트, 미켈란젤로, 고야, 들라크루아 같은 화가들을 호명했다. 마르셀 프루스트는 '나는 소설을 쓸 수 있을까' 또는 '내가 소설을 써도 될까'라는 자문과 소망을 실천에 옮기기까지의 여정으로 과거의 결정적인 장면들을 환기해내는 데 주력했다. 버지니아 울프는 어느 여름 가족과 지인들이 모인 바닷가 저택에서 '등대로 갈까'라고 꺼냈던 말을 10여 년에 걸쳐 이행하는 과정을 그렸다. 빛은 어둠을, 동시에 시간을 품고 있다. 하나의 생각을 향한 시간의 축적은 지향성을 형성한다. 울프가 등대를 매개로 여러 겹의 시간 속에서 돌아보고자 했던 것은 아버지라는 존재였고, 그와 원만하지 못했던 관계를 풀어야 하는 바람이 '등대로To the Lighthouse'라는 제목에 깃들어 있는 것이다.

일주일 중 하루 이틀은 온종일 서재에 머무는데, 그때 창밖에 보이는 것이라고는 하늘과 바다와 언덕, 그리고 그들 풍경 속을 들고 나는 구름과 새와 배들이다. 이 모든 것은 동쪽 창가에서 떠올라서는 서쪽으로 사라지는 해와 달, 빛의 흐름 속에 이루어진다. 바람이 불거나, 해무가 자욱하거나, 빛과 그늘이 뚜렷하거나, 더디게 석양이 기울어지는 어느 순간에는 서재의 책상을 박차고 일어나 울프의 『등대로』 속 누군가처럼 '등대로 갈까' 하는 마음이 일기도 하고, 실제로 멀리에서 아끼는 후배 또는 기리는 선배, 문우가 찾아올 때는 오랜 약속을 실행에 옮길 때의 당당한 목소리로 '등대에 가자!'라고 외치기도 한다. 그러면서 뒤늦게 깜짝 놀란다. 생각을 품었을 때와 그것을 행동으로 옮길 때, 입에서 흘러나오는 말에서 미묘한 차이를 느끼기 때문이다. '등대로'의 '~로'는 움직임의 방향, 또는 경로를 나타내는 격조사이다. '등대에'의 '~에'는 시간과 공간의 범위, 지향점을 나타내는 처소격處所格 조사이다. 전자는 언젠가는 그곳으로 가고 싶다는 지향성을, 후자는 마침내 그곳에 간다는 지향점을 적시하고 있다.

뙤약볕이 불같이 타오르던 여름날, 등대로 가는 대신 문청들과 무궁화호 열차를 타고 대구로 향했다. 대구는 나에게 이성복 선생이 계신 곳으로 통한다. 언제라고 정하지 않고, 1년이면 한두 번 내가 대구로, 또는 선생께서 부산으로 향하곤 한다. 그러다 나도 선생도 서로를 향하기도 하는데, 그때에는 부산과 대구의 중간 지점인 경주가 된다.

　　　그날 선생은 '무한화서無限花序'에 대해 말씀하셨다. 화서란 '꽃이 줄기에 달리는 방식', '꽃차례'를 가리킨다. 꽃이 피어나고 지는 데에도 어떤 순서, 방향이 있다. 성장이 제한된 것은 유한화서, 성장에 제한이 없는 것을 무한화서라 한다. 선생은 지난 13년간 궁구한 언어와 대상, 시와 시작詩作, 삶을 '무한화서'로 정리하셨다. 그날의 내용은 『극지의 시』, 『불화하는 말들』과 함께 같은 제목의 시론집으로 출간되었다.

　　　『무한화서』를 펼치면 마르지 않은 잉크 냄새와 함께 선생의 필체가 눈길을 사로잡는다. '시는 나날의 소신공양이에요.' 그날 선생은 화두처럼 시의 자리에 무엇이든 놓아볼 것을 권하셨다. 무궁화호 열차를 타고 돌아오는 길, 흔들리는 차창으로 밖을 바라보며 화두에 전념했다. 바닷가 언덕의 서재로 돌아오자, 밤이 깊었다. 화두는 사로잡히거나 벗어나거나 둘 중의 하나였다. 그리고 어떤 것이어도 그것은 서로 다르지 않았다. 날이 밝으면 등대로 가리라 마음먹었다.

잃어버린 마음을 찾아서

봄부터 여름까지, 스무 살 어름의 문학도들과 소설의 다양한 형상을 점검하고, 그들 자신의 이야기를 한 편의 짧은 소설로 창작하는 시간을 가졌다.

한국어문학과 학부 전공 수업이지만 한국어문학, 문예창작학, 국문학, 교육학, 철학생명윤리학, 사학, 경영학, 국제관광학까지 다채로운 전공 학생 50여 명이 참여했다.

이론과 창작실습을 통합한 새로운 형태의 수업을 개설하며, 처음엔 이 많은 인원으로 소설 창작까지 도모하는 것은 무리일 뿐더러 생각이 없지 않았다.

그러나 딱딱하고 울퉁불퉁한 땅을 개간하는 농부의 심정으로 감행했다.

사람마다 고유한 얼굴 생김새가 있고, 눈빛이 있고, 음색이 있고, 화법이 있듯, 각자 자기만의 문장과 문체, 이야기를 품고 있다. 스무 살 어름의 문학도들이 처음 소설이라는 것을 쓰려고 할 때 봉착하는 것은 자기만의 특별한 경험(이야기)이 없거나, 매우 빈약하다는 깨달음이다. 이때 내가 제시하는 것이 '원체험'이다.

원체험이란 전쟁이나 보릿고개의 극빈, 육친의 죽음, 테러 등과 같은, 자신의 의도와 상관없이 외부에서 주어진 불가항력적인 사건들이다. 대부분 비극적이고, 말도 안 되는 '부조리 상황'으로 트라우마를 남긴다.

내 경우, 1980년대 대학 시절, 민주화의 상징인 집단의 광장과 거리, 그리고 개인의 밀실인 도서관과 소극장을 오가며 겪었던 공포와 죄의식이 있고, 그보다 더 심층적인 원체험으로 아버지를 일찍 여의고 홀어머니 슬하에서 자라면서 겪어야 했던 신산스러운 아픔이 있다.

내가 원체험을 꺼내놓자, 읽고 소비하기에만 치중했던 학생들이 백지 위에 자신들의 이야기를 풀어냈다.

　　그리고 놀랍게도 종강을 앞두고 모두 각자 한 편씩 소설을 완성했다. 원체험 쓰기는 자기 안에 웅크리고 있는 상처받은 마음을 들여다보고 보듬어 안아주는 행위와 같다.

　　소설은 자기 안에 억눌린 자아에 귀를 기울이고, 숨을 터주는 것부터 출발한다. 차마 보여주기 부끄럽지만, 드러내놓고 나면 마음이 가벼워지고, 자유로워진다. 마음이 자유로운 사람은 자신과 세상을 사랑할 수밖에 없다. 소설 쓰기의 본질이 구원에 있는 이유가 여기에 있다. 구원의 마음으로 세상을 향할 때, 존재하는 모든 것은 연민의 대상이 된다. 나의 원체험 쓰기로부터 세상의 아픔에 가닿을 수 있다. 소설이란 때로 연민과 애도, 추모의 형식 이외에 아무것도 아니다.

　　하루가 멀다 하고 무고한 생명들이 무자비하게 희생당하고 있다. 마음이라는 것이 온전히 있다면 일어날 수 없는 일들이다.

　　가까이에서 멀리에서, 너 나 할 것 없이 상처받은 마음을 위로하고, 잃어버린 마음을 되찾기 위해, 이

청준의 『자서전들 쓰십시다』라는 소설 제목처럼, 이 여름 소설 한 편씩 써보자는 제안을 하고 싶다.

니스를 생각함

　　소설 『자기 앞의 생』에서 주인공 소년 모모
는 평생 양탄자를 팔며 세계를 떠돈 하밀 할아버지에게 묻
는다. "사람은 사랑 없이도 살 수 있나요?" 에밀 아자르는
소년이 품은 이 질문으로부터 출발해 사랑의 진실을 깨달
아가는 과정을 그린다. 하밀 할아버지는 죽어가면서 니스
로 향하는 꿈을 꾼다. 에밀 아자르는 자신의 마지막 소설인
『솔로몬 왕의 고뇌』에서도 주인공의 마지막 행선지로 니스
를 지목한다. 니스는 어떤 곳인가. 유럽 여행자라면 한 번
쯤 꿈꾸는 휴양지로 알려져 있지만, 정작 이곳은 북아프리
카와 아랍, 러시아와 폴란드에서 흘러들어온 이민자들의

고달픈 삶이 얼룩진 애환의 항구이다. 이들의 신산한 삶과 자유의 꿈은 이곳 출신인 에밀 아자르와 르 클레지오의 소설들에 아로새겨져 있다. 에밀 아자르의 본명은 로만 카체프, 러시아계 유대인이다. 그는 열네 살 때 홀어머니를 따라 폴란드를 거쳐 니스에 정착한 난민 출신이다. 여러 개의 가명을 사용해서 소설을 썼는데, 에밀 아자르와 로맹가리가 대표적이다. 그는 이 두 이름으로 프랑스 최고 권위의 공쿠르상을 두 번 수상하는 기록을 세웠다.

　　노벨문학상 수상 작가인 르 클레지오는 영국인 아버지와 프랑스인 어머니 사이에서 태어난 혼혈이다. 그가 스물세 살 때 발표한 첫 소설 『조서』에는 바닷가 언덕의 빈집에 숨어든 아담 폴로라는 청년이 등장한다. 조서란 어떤 문서의 기록을 가리킨다. 그는 "정신병원 또는 군대에서 탈출했을지도 모르는 한 남자"로 세상과 단절된 채, 언덕과 해변을 떠돈다. 소설은 마치 CCTV에 찍힌 장면을 기술하듯 세상으로부터 고립된 채 떠도는 아담 폴로라는 청년의 불안한 의식을 파편적으로 보여준다.

　　로맹 가리의 자전소설 『새벽의 약속』은 오직 아들의 성공을 위해 가난과 모멸을 견디며 노동으로 헌신한 어머니에게 바친 사모곡이다. 르 클레지오 역시 『조서』 이후, 50년 만에 니스를 배경으로 사모곡 형식의 『허기의 간주곡』을 발표한다. 그는 이 소설에서 니스를 "오합지졸들의 도시", "영국인들의 무대"였다가, "러시아인들의 무대"였던 도시, "매서운 바람에 무방비로 노출되는 무심하고 잔인한 도시"로 정의한다. 이 대목은 영국계인 르 클레지오와 러시아계인 로맹 가리, 그리고 해변의 '영국인 산책로'를 자연스럽게 환기시킨다.

2016년 7월 14일 혁명기념일 밤의 테러를 기점으로 니스는 사람이 저지를 수 있는 잔혹성의 시험대가 되었다. 그럼에도 불구하고 망각이 참상을 덮고, 삶은 계속될 것이다. 어디까지가 사람의 영역인가. 모모가 끝까지 놓지 않았던, "사람은 사랑 없이도 살 수 있나요?"라는 질문이 간절한 요즘이다. 이유를 불문하고, 사람이 사람에게 저지른 극한 고통과 슬픔은 간주곡처럼 인류사에 되살아날 것이다. 르 클레지오나 로맹 가리의 삶과 소설이 아무리 감동적이라 해도, 소설로 아프게 되새겨야 하는 사연은 그들로 족하다.

삶에서 내가 중요하게 여기는 몇 가지가 있는데, 그중 하나가 창이다. 이사 갈 집을 볼 때, 서재와 책상의 위치를 정할 때, 열차를 타고 먼 곳으로 떠나고 돌아올 때, 그리고 누군가와 카페 또는 식당에 앉을 때, 창의 위치와 창밖의 형편을 살핀다.

카프카 뮤지엄, 블타바강, 프라하

카뮈의 체코슬로바키아 이야기

　　카뮈의 『이방인』을 읽다 보면, 인상적인 에피소드 하나를 만나게 된다. 2부 2장에 나오는 '체코슬로바키아 이야기'다. 그 이야기는 10여 년 전 내가 처음 프라하에 갈 때 염두에 두었을 정도로 오랫동안 뇌리에 박혀 있었다. 그리고 프라하에 다녀온 다음에는 『우회, 불멸을 향하여』라는 동유럽 예술 묘지 기행글에서 다루기도 했다.

　　『이방인』에서의 체코슬로바키아 이야기는 우연히 이웃 친구의 보복 사건에 휘말려 태양이 내리쬐는 바닷가에서 아랍인 청년을 총으로 쏜 주인공 사내 뫼르소가 재판을 기다리며 감방에서 보내던 중 침대 밑에서 발견한 옛 신문의 잡보 기사 내용이다. 한 페이지도 안 되는 짧은 분량인데, 기쁘게 꾸민 '장난'이 돌이킬 수 없는 '재앙'을 불러온 기막힌 사연을 담고 있다.

체코의 어느 마을에 한 청년이 있었다. 그는 돈벌이를 위해 타지로 떠났다가 25년 만에 집으로 돌아온다. 어머니는 동네에서 누이와 여관을 운영하고 있다. 떠났을 때는 가난한 청년이었지만 중년의 그는 돈을 많이 벌어 부자가 되었고, 지금은 결혼해서 아내와 아이가 있다. 그리운 어머니와 누이를 만나러 아내와 아이를 데리고 고향 집으로 가다가 그는 자신의 오랜 부재를 보상할 만한 뭔가 놀라운 상봉 방법을 생각한다. 깜짝 선물을 안겨주고 싶었던 것이다. 그래서 그는 기쁜 마음으로 유쾌한 장난을 꾸미는데, 아내와 아이를 다른 여관에 머물게 하고, 혼자 어머니와 누이 앞에 나타난다. 장난을 통해 극적인 상봉의 순간을 지연시켜서 행복의 충격을 배가시키려 한 것이다. 그런데 그날 어머니는 눈앞에 나타난 아들을 알아보지 못한다. 아들은 장난의 수준을 한 단계 높여서 가지고 있는 돈을 모녀에게 보여준다. 깊은 밤, 오직 손님의 돈에 눈독을 들인 모녀는 그를 죽여 돈을 훔치고 시체를 강물에 던져버린다. 날이 밝자 그의 아내가 찾아오고, 진실은 밝혀진다. 어미는 목을 매고, 누이는 우물 속에 투신한다.

어디에서부터 무엇이 잘못된 것일까. 어려서 떠난 아들이 중년이 되어 돌아왔다. 그는 깜짝 충격의 행복을 준비하지 말아야 했을까. 곧바로 어머니! 하고 불러야 했을까. 저예요! 하고 밝혀야 했을까. 25년간 만나지 못한다면 어머니가 아들의 얼굴을 못 알아볼 수도 있는 것일까. 산 것도 죽은 것도 아닌 채 무덤 같은 고독과 가난에서 벗어나게 해줄 돈이 필요했던 어미와 누이의 시야가 흐려졌다 해도 그 정도일까. 이런 식의 질문은 『이방인』 뫼르소가 늘 중얼거리는 것처럼 "아무 의미가 없다."

카뮈는 『이방인』(1942)에 체코슬로바키아 이야기를 액자처럼 끼워놓고, 뫼르소에게 천 번도 넘게 읽도록 한 끝에 '그것은 있을 법하지 않은 이야기', 또 한편으로는 '그럴 법도 한 이야기'로 결론짓는다. 그리고 이 어머니와 아들의 슬픈 이야기를 소설에서 독립시켜 「오해」(1944)라는 희곡 작품으로 발표하면서 '현대의 줄거리 속에다 숙명이라는 고대의 테마들을 새로이 옮겨보려고 시도한다.'(「오해」, 서문) 그리스 비극의 영원한 주제는 숙명 앞의 인간, 곧 운명의 장난으로 훼손된 명예를 복원하기 위해 죽을 수밖에 없는 인간이다. 여기에서 장난이란 '죄'와 동의어이다. 아들의 편에서 보면, 자신을 제대로 알지 못한 것, 동시에 자신을 제대로 알리지 못한 것, 그리하여 상대 또는 세상이 잘못 받아들이고 판단하게 한 것이다. 어미와 누이 편에서 보면, 가난과 고독에서 벗어나기 위해 손님들의 목숨과 돈을 훔쳐온 것, 급기야 아들도 오빠도 알아보지 못한 것, 이 모든 것은 '때'라는 시간의 법칙과 양심이라는 정직과 정의, 양식이라는 윤리의 문제를 바탕에 깔고 있다. 그리고 그것은 청년 시절 여행을 떠났던 프라하에서도, 조국 프랑스에서도 극심한 고독과 유배의 감정을 느꼈던 카뮈가 죽을 때까지 첨예하게 대면했던 주제이다.

체코슬로바키아 이야기를 품고 있는 『이방인』과 「오해」를 비롯하여 카뮈의 글을 읽을 때면, 태양, 바다, 꽃, 돌, 물, 모래(사막), 소금 등에 대한 묘사를 눈여겨보곤 한다. 그리고 이들과 함께 주목하는 것이 어머니의 존재이다. 카뮈가 작품을 통해 구현했던 소설 미학이나 철학은 태양을 빼놓고 설명할 수 없듯이 어머니도 마찬가지이다. 그런 의미에서, 체코슬로바키아 이야기는 카뮈가 평생 애툿한 사랑과 연민, 부채 의식을 지고 살았던 어머니를 향한 원죄의 고백과 구원의 문제를 되새겨보게 한다.

수즈달의 저녁 종소리

종은 4시에 울리기로 되어 있었다. 마을 여기저기 흩어져 있던 이방인들이 모여들었다. 모두 하늘을 올려다보는 자세로 창공의 종탑과 종루에 시선을 고정한 채 첫 타종을 기다리며 숨을 죽였다. 세 개의 아치형 종루와 종탑에 크고 작은 종들이 매달려 있었다. 나는 예종이 울리기 전부터 가슴이 두근거리고 있었다. 그곳이 어디든 들려오는 종소리에 잠시 가던 길을 멈추고 귀를 내주지 않을 사람이 있을까. 나는 유독 종소리에 얽힌 추억을 많이 간직하고 있었다. 나에게 추억이란 낯선 곳에서 겪은 일들과 소설이나 영화, 또는 그림 속에서 만난 장면들이 포함

되었다. 해 질 녘 부석사 무량수전 배흘림기둥에 기대어 들었던 범종각의 저녁 종소리, 버지니아 울프 소설『댈러웨이 부인』에서 런던 사람들에게 시간 감각을 일깨워주던 빅 벤의 종소리, 그리고 반 고흐가 숭배했던 밀레의 그림 〈만종〉의 세계까지.

　　　하늘은 흐렸고, 바람은 수도원 뜰의 나무 잎사귀들을 애무하듯 흔들고 지나갈 만큼 기분 좋게 불었다. 내가 종소리를 기다리며 서 있는 곳은 러시아 수즈달의 성 에우티무우스 수도원. 수즈달은 모스크바에서 북동쪽으로 200킬로미터 떨어진 천년 고도古都. 나는 러시아의 대표적인 중세 유적지인 블라디미르를 거쳐 막 그곳에 도착한 참이었다. 오후 4시에 러시아 최고의 종치기 장인이 종을 치는 벨 세리머니가 있다는 정보를 접했고, 나는 차에서 내리자마자 종루가 가장 잘 보이는 수도원의 뜰을 향해 뛰기 시작했다.

　　　종소리가 들리기 직전, 귀가 솔깃하면서 가슴이 벅차오르는 뜨거운 느낌이 좋았다. 오랫동안 런던에 살아서 종이 울리기 직전의 예감과 종의 울림 단계를 정확하게 구별해내던 『댈러웨이 부인』의 설렘을 조금은 알 것

같았다.

> 뭐라 형용할 수 없는 정지의 순간, 빅 벤이 시종
> 時鐘을 치기 직전의 (중략) 조마조마함. 아, 마침
> 종이 치네! 종소리가 퍼져나간다. 음악적인 예
> 종豫鐘이 울리고, 이어서 시종이 울린다. 돌이킬
> 수 없는 시간의 종소리가 겹겹이 묵직한 원을
> 그리며 공중으로 흩어져간다.
>
> ─버지니아 울프, 『댈러웨이 부인』, 최애리 옮김, 열린책들, 2009

드디어 종이 울리기 시작했다. 예종豫鐘이 은
은하게 몇 번, 이어 주종主鐘이 분명한 강도와 간격으로 울
렸다. 종을 치는 사람은 사제로, 매년 러시아의 종치기 경
연에서 우승한 장인이었다. 그는 손과 발은 물론 온몸으로
19개의 종을 울리며 한 편의 아름다운 종소리 음악을 연주
했다. 주종의 힘찬 메아리 속에 실바람 따라 들려오는 실로
폰 소리처럼 잔종들이 여리고 부드럽고 매끄럽고 경쾌하게
울렸다. 주종의 타종 소리는 해 질 녘 부석사의 저녁 종소
리처럼 장중했고, 잔종들의 화성和聲은 휘파람 소리 같기도

하고, 졸졸 흐르는 강물 소리 같기도 하고, 휘몰아치는 파도 소리 같기도 했다. 종소리 연주는 8분간 계속되었다.

　　　세상의 종소리들은 돌이킬 수 없는 시간을 알리고 사라진다. 아름다움을 깨닫는 순간 덧없음이 덮쳐온다. 모스크바로 돌아오는 길, 종소리가 울리기 직전 가슴이 벅차올라 뜨거워졌던 순간을 상기했다. 내일은 내일의 태양이 떠오르고, 오후 4시가 되면 수즈달에서는 종소리가 울려 퍼질 것이다.

예술가와 부엌

낯선 곳으로 여행을 떠날 때면, 그곳 자연의 질료가 삶과 예술로 표출된 현장을 찾아가곤 한다. 파리 근교 지베르니의 모네의 집, 프랑크푸르트 마임강 근처의 괴테의 집, 쿠바 아바나 코히마르 바닷가 마을의 헤밍웨이의 집, 멕시코시티 코요아칸의 프리다 칼로의 집, 원주 치악산 기슭 박경리의 집 등이 그들이다. 작품을 감상하듯 집의 위치, 들고나는 출입문의 구조와 인상, 지붕과 창의 형태와 크기, 빛과 그늘의 흐름 등을 음미하는데, 이들 중 내가 특별히 주목하는 곳은 부엌이다.

인상파 화가 클로드 모네의 지베르니 집은

연작 〈수련 연못〉의 현장으로 잘 알려져 있다. 원작의 감흥을 연장하고 싶은 감상자들은 그림 속의 실제 연못과 못 위에 떠 있는 수련, 휘늘어진 버드나무의 실루엣을 그대로 느끼기 위해 지베르니로 달려가기도 한다. 이 집은 모네가 열차를 타거나, 센강에서 조각배를 타고 교외로 나가 온종일 빛의 흐름을 화폭에 담고 돌아오다가 아예 거처를 옮겨 살았던 곳이다.

처음 지베르니 모네의 집에 갔을 때, 나는 당연히 수련 연못에 매료되었다. 그러나 예술이란 삶을 떼어놓고는 가능하지 않다는 것을 터득해가면서, 그리고 무엇보다 나만의 부엌을 가지고 다양한 요리를 만들어나가면서, 다른 것들이 눈에 들어오기 시작했다. 오케스트라의 악기들처럼 요리도구들이 청색 타일벽을 장식하고 있는 부엌과 지상낙원의 한 장면을 연상시키는 드넓은 화초 정원과 채소밭이 그것이다.

한 작가의 작품을 만나고 관계를 맺는 방식은 다양하다. 작가들의 음식에 대한 생각과 취향, 식탐, 식사 습관 등을 통해 작품의 고유한 기법이나 미학, 태도를 엿볼 수 있다. 모네는 섬세한 미각을 가진 미식가이자 대식가였다. 채소밭을 따로 세심하게 관리해서 매일 향기로운 허브와 싱싱한 야채를 식탁에 올려주었고, 자기만의 비법으로 요리를 만들어 손님들 미각을 황홀하게 자극했다. (클레르 주아, 『모네의 그림 같은 식탁』, 이충민 옮김, 아트북스, 2012) 멕시코의 여성화가 프리다 칼로는 사지가 으스러지는 교통사고의 비운과 과도한 성적 에너지로 끊임없이 추문을 일으켜 고통을 주었던 벽화가 남편 디에고 리베라와의 극적인 삶 속에서도 요리에 대한 열정이 남달랐다. 코요아칸의 2층짜리 파란 집을 방문했을 때, 인상적이었던 것은 아틀리에와 연결되어 있는 칼로의 부엌이었다. 그녀는 멕시코 전통요리를 적극 활용해 당대의 세계적인 예술가와 정치가들의 입맛을 사로잡았다.

내가 집에서 가장 많은 시간을 보내는 곳은 서재와 부엌이다. 모네나 칼로뿐 아니라 한국의 소설가들 중에는 수준급의 요리 애호가들이 많다. 언어에 대한 감각과 사랑은 식재료로 전이되고, 요리는 작품을 완성할 때의 희열을 던져준다. 그런 의미에서 작가들에게 서재와 부엌은 다른 공간이 아니다.

세상의 종소리들은 돌이킬 수 없는 시간을 알리고
사라진다. 아름다움을 깨닫는 순간 덧없음이 덮쳐온다.
내일은 내일의 태양이 떠오르고, 오후 4시가 되면
수즈달에서는 종소리가 울려 퍼질 것이다.

오후 4시의 타종, 성 에우티무우스 수도원, 수즈달, 러시아

향은 단어 향수는 문학

　　파리 샤를 드골 공항에서 출국 절차를 밟고, 면세점 거리를 통과할 때면, 향수 매장에 오래 머물곤 한다. 그곳이야말로 세계 향수 시장의 흐름을 한눈에 파악할 수 있는 현장이기 때문이다.

　　내가 처음 향香에 대해 생각하게 된 것은 대학 시절 보들레르의 시편들을 만나면서부터이다. 그의 「상응」이나 「이국의 향기」 같은 시들을 읽으며 이국적인 향들과 맞닥뜨렸다. '바람에 떠돌고 내 코를 부풀리는, 타마린드 나무의 푸르른 향', 안식향(때죽나무 수액), 용연향(향유고래 수컷 창자 속 이물), 사향(사향노루나 수고양이) 등 다채로운 향들을 단어로 접할 뿐 맡아볼 수 없어 상상력의 한계를 느끼곤 했다.

향에서 향수로 생각을 확장해나간 것 역시, 보들레르의 산문시 「개와 향수병」을 읽으면서이다. 화자는 파리에서 제일 좋은 향수 가게에서 산 것이라며 개에게 병마개를 열어 향을 맡게 한다. 개는 주인이 부르자 꼬리를 흔들며 먹을 것을 주는 줄 알고 코를 댔다가 이내 공포에 질려 뒷걸음질을 치고는 비난하듯 화자를 향해 사납게 짖어댄다. 개와 향수는 대중과 예술의 관계를 빗댄 우화이다.

내 생애 첫 향수는 '독'이라는 뜻의 '프와종'이다. 그때 나는 대학을 갓 졸업하고 문예지 기자로 일하면서, 프랑스대사관 문화과와 한불 도서 소개 책자 업무에 참여했는데, 누군가가 파리에 다녀오면서 내게 선물로 사다 준 것이다. 향이 이름 그대로 뇌 속까지 마비시킬 정도로 독하게 고혹적이었다. 판도라의 상자처럼 함부로 열면 안 되는 물건인 양 모셔만 두었지 사용하지 않았다. 세월이 흐른 뒤, 남프랑스와 지중해 지역을 여러 차례 여행하면서 자연스럽게 그곳의 태양과 향초들을 접했고, 다채로운 색과 향에 익숙해졌다. 그 과정에서 향이란 각자의 고유성에 따라, 날씨와 계절, 추억에 따라 다르게 존재하고, 만나고, 발현된다는 것을 깨달았다.

　　　　근래 내가 파리 샤를 드골 공항 향수 매장을 순례하고 마지막으로 찾은 것은 롤리타 렘피카라는 브랜드이다. 향수는 화학과 생물, 문학과 철학, 미술과 패션이 정교하게 융합된 미학의 결정체이다. 롤리타 렘피카는 샤넬, 디오르, 에르메스 등 프랑스를 중심으로 이탈리아(조르조 아르마니), 스페인(파코라반), 영국(조 말론), 미국(프레시) 등이 펼치는 향수 산업에 발을 들여놓은 한국의 브랜드이다. 철저히 한국명을 베일에 감추고 롤리타 렘피카라는 디자이너 이름을 전면에 내세워 향수의 각축장인 프랑스 현장에 뛰어들었다기에 관전하면서도 응원하는 마음이 크다. 에르메스의 조향사 장 클로드 엘레나의 표현에 의하면, "향이 단어라면, 향수는 문학이다." 롤리타 렘피카만의 고유한 문학 세계를 기대한다.

작가에게 모국어란 무엇인가

　　줌파 라히리의 『이 작은 책은 언제나 나보다
크다』를 읽다 보면, 오래전부터 품어온 화두를 환기시킨다.
"작가에게 모국어란 무엇인가."

　　식민지나 이민의 역사를 온몸으로 겪은 세
대를 부모를 두었거나 직접 체험한 작가들의 경우, 글을 쓰
는 언어의 정체성에 대한 고민에서 벗어나지 못한다. 북대
서양의 섬나라 아일랜드는 800년에 걸쳐 잉글랜드의 식민
지라는 슬픈 역사적 현실에 놓여 있었다. 아일랜드 작가들
의 경우, 민족어이자 모국어인 게일어가 아닌 식민지 제국
언어인 영어로 글을 써야 했고, 그런 까닭에 그들은 아일랜

드 문학사가 아닌 영국 문학사의 일원으로 세계 독자에게 소개됐다. 윌리엄 버틀러 예이츠, 오스카 와일드, 제임스 조이스, 사뮈엘 베케트 등이 그들이다.

제임스 조이스는 식민지 현실의 조국으로부터 스스로 유배의 길을 선택해 문학을 조국으로 삼아 프랑스와 유럽 각국을 전전하며 오직 소설 쓰기에 투신했다. 그 여정에 생산한 『율리시스』는 20세기 이후 모더니즘 소설의 독보적인 걸작으로 평가된다. 그는 식민지 역사로 점철된 슬픈 아일랜드 출신 작가지만, 그들을 삼킨 '대영제국'이 국보로 여기는 셰익스피어가 평생 구사한 2만 단어를 능가하는 4만 단어 이상을 『율리시스』에 자유자재로 부려놓음으로써 식민지 언어 사용자로서의 한계와 수치를 통쾌하게 벗어던지는, 아이러니한 장관을 연출했다.

조이스와 같은 아일랜드 출신 작가 사뮈엘 베케트는 프랑스에 귀화해 이중언어 사용자로 작품 활동을 했다. 기존의 언어관을 깨는 부조리극 「고도를 기다리며」를 비롯하여 소설과 희곡들을 영어와 프랑스어로 번갈아가며 썼고, 그것으로 노벨문학상까지 받았다. 또 다른 부조리극 작가 외젠 이오네스코도 베케트처럼 이중언어 사용자였다. 그는 루마니아에서 태어나 유년기를 프랑스에서, 청년기를 부쿠레슈티에서 보낸 뒤, 프랑스에 귀화해 프랑스어로 작품 활동하며 세계적으로 명성을 높였다. 이들은 정주定住를 거부한 이방인의 계보를 탄생시킨 예술사의 주인공들이다.

줌파 라히리는 21세기 이방인의 계보를 잇는 작가이다. 인도 벵골 출신 부모를 둔 그녀는 런던에서 태어나, 곧바로 부모를 따라 미 동부로 옮겨와 성장했고, 영어를 모국어로 교육받았다. 보스턴대학교 문예창작학과 대학원에서 처음 소설을 접한 그녀는 이민자 가정의 현실을 진솔하고 담담한 문체로 쓰기 시작했고, 『이름 뒤에 숨은 사랑』, 『그저 좋은 사람』 등이 전문가 집단과 일반 독자들에게 폭발적인 호응을 얻어 현재 미국을 대표하는 작가가 되었다.

줌파 라히리는 소설 창작과 더불어 르네상스 연구를 20년 넘게 지속해왔다. 『이 작은 책은 언제나 나보다 크다』는 그녀가 모국어인 영어를 버리고 이탈리아어로 쓴 첫 책이다. 21편의 산문과 2편의 짧은 소설로 이루어진 이 얇고 단정한 책은 작가에게 모국어란 무엇인가, 곧 작가란 무엇인가 하는 근원적인 질문을 던져준다. 그녀가 작가로서의 명성과 권위를 안겨다 준 영어와 모든 것이 영예롭게 주어지는 미국에서의 삶을 내려놓고, 로마로 옮기면서 밝힌 이유는 단 하나이다. '창작자에게 안정감만큼 위험한 것은 없다.' 21세기 이방인, 줌파 라히리의 작가적 모험을 기대해본다.

박물관에서 소설을 꿈꾸다

나는 오랫동안 박물관 중독자로 살아왔다. 박물관의 실체를 인지하기 시작한 것은 이십 대 중반 이후, 이웃 일본의 도쿄국립박물관과 유럽의 몇몇 대형 박물관들을 순례하던 시절이다. 어느 해 벚꽃 피는 4월, 혼자 우에노 공원에 있는 도쿄국립박물관에 갔다가 한국의 신라 보물들과 마주쳤다. 그리고 그해 뜨거운 여름, 혼자 파리의 루브르박물관에 갔다가 밀로섬의 비너스상과 사모트리케섬의 황금 날개 여신상 니케 앞에서 압도당했다. 그날 이후, 매년 한 번은 바람 난 여자처럼 가방을 꾸려 먼 곳으로 떠났다. 여행지 삶의 중심에는 박물관이 자리 잡았다. 영국박물관의 이집트 황제 람세스상과 로제타 스톤, 특히 어느 해 우중충한 여름, 베를린의 페르가몬박물관에 갔다가 맞닥뜨린 터키 페르가몬의 목 없는 여인상들과의 만남은 뭐라 표현하기 힘든 미묘한 감정을 던져주었다. 있어야 할 자리에 있지 못하는 존재들의 안타까움과 연민이 좁은 가슴팍을 타고 물밀듯이 북받쳐 올라 견딜 수가 없었다. 이런 감정은 만남이 늘어날수록 희석되기도 하고, 불쑥불쑥 배가되기도 했다. 내 청춘은 세상의 크고 작은 박물관들과 함께 흘러갔다.

　　　　　몇 년 전의 일이다. 주로 문학예술 공간을 답사하기 위해 떠나곤 했던 여느 때와는 다르게, 유럽과 미국의 대학 30여 곳을 탐방하며 한 해를 보냈다. 일상의 흐름을 거슬러, 애써서 찾아가야 할 박물관들은 더 이상 많지 않다고 생각하고 있던 차였다. 그런데 이들 대학들을 돌아보면서 새롭게 깨달은 사실은, 대학 도시에는 반드시 그 대학의 규모와 정신에 준하는 박물관과 도서관들이 자리 잡고 있다는 것이었다. 일례로, 미 동부 하버드대학교에는 예술, 자연사, 인류학, 광학 유물들을 소장하고 전시하는 7개의 박물관이 캠퍼스 곳곳에 있고, 예일대학에는 전통과 개방을 동시에 표방하는 박물관들과 세계적인 대학들 가운데 최대 소장본을 기록하는 스털링메모리얼도서관, 그리고 이 대학만의 자랑인 베이네크 희귀본 및 육필 도서관이 중심을 잡고 있다.

그때가 언제이든 누구나 살면서 한두 번은 박물관이라는 공간을 체험하게 된다. 나처럼 박물관이 삶의 중심을 차지하는 경우는 드물고, 대부분은 그 한두 번을 끝으로 다시는 박물관을 찾지 않는다. 세계적인 박물관들을 구경하기 위해 대부분 오랜 시간 꿈꾸고, 경비를 마련해 떠나는데, 정작 그곳에 가면 장시간 비행으로 인한 육체적 피로와 낯선 언어, 이질적 환경이 주는 부담감이 장애가 되어 제대로 감상하기가 어렵다. 설상가상, 어떻게든 의미를 부여하며 하나하나 감상해보려는 첫 마음을 위축시키거나 단념시키는 장애들이 등장한다. 몇 걸음 떼기가 무섭게 세계사 책에 나오는 문명권에서 샅샅이 훑어오다시피 채워놓은 엄청난 규모의 유물들이다.

그럼에도 불구하고 내가 박물관 중독자로 살아온 것은 성격이나 기질 탓인데, 무엇보다 서사 창작자가 지녀야 할 관심과 감각이 박물관의 유물들과 만날 때 예민하게 반응하기 때문이다. 하버드나 예일처럼 세계적인 규모의 박물관들과 함께 인상적인 대학 박물관들이 있는데, 미 서부 오리건의 오리건대학 박물관, 서울 이화여자대학교 박물관과 고려대학교 박물관, 그리고 부산 동아대학교의 석당박물관이다. 땡볕 드센 여름날, 이들 대학 박물관으로서 시원한 유물 산책을 권해본다.

톨스토이의 무덤에서

거기에는 아무것도 없었다. 오직 하늘 아래 새소리뿐. 그것이 무엇인지 누군가 귀띔해주지 않았다면, 나는 방금 지나온 자작나무 숲과 사과나무밭에서처럼 걸음을 늦추거나 잠시 발길을 멈추어 그대로 서 있다가 조용히 다시 앞으로 이어지는 오솔길을 걸어갔을 것이었다.

지금 내가 서 있는 곳은 러시아의 작은 마을에 있는 톨스토이 영지領地의 숲길. 6월 28일 아침 아홉 시, 모스크바에서 남쪽으로 180킬로미터 떨어진 툴라라는 도시로 떠났다. 비가 내리고 있었다. 툴라에서 점심을 먹고, 톨스토이가 태어나고 묻힌 야스나야 폴랴나 마을로 향했다. 영지에 들어서자 왼편에 작은 연못이 있고, 앞으로 오솔길이 길게 나 있었다. 길옆으로 자작나무가 환영하듯 길게 늘어서 있었다. 자작나무 길을 걸어 올라가자 톨스토이의 하얀 집이 보였다. 순간, 몇 년 전 인상 깊게 보았던 영화가 까맣게 잊혔다가 되살아났다. 귀족으로 태어나 젊은 시절 심하게 흔들리고 방황하다가 진정한 삶의 내용과 방향을 찾고 실천했던 82년의 일생을 회상 장면으로 환기해 보여주며 시골 간이역사에서 숨을 거두기까지 마지막 1년을 담은 〈톨스토이의 마지막 인생The Last Station〉이었다.

청춘 시절부터 작가, 화가, 음악가의 무덤들을 찾아다녔다. 작품들만큼이나 무덤의 형식과 묘비명들이 개성적이었다. 살아서는 평생 결혼하지 않고 여러 형태의 동거 관계를 시험했으나 죽어서는 파리 몽파르나스 묘원에 잠든 사르트르와 보부아르의 묘와 의붓아버지의 가족묘에 합장된 시인 보들레르, 아일랜드 북서쪽 항구도시 슬라이고의 작은 교회 묘지에 묻혀 있는 시인 예이츠, 에게해 크레타섬의 베네치안 성벽에 묻혀 있는 니코스 카잔차키스. 가장 아름답게 여운이 남아 있는 것은 "삶에도 죽음에도 차가운 눈길을 던져라. 말 탄 자는 지나가도다"라는 예이츠의 묘비명과 "나는 아무것도 두렵지 않다. 나는 아무것도 바라지 않는다. 그러므로 나는 자유다"라는 카잔차키스의 묘비명이었다.

톨스토이의 무덤에는 아무것도 없었다. 오직 하늘 아래 새소리뿐. 그것이 톨스토이가 묻혀 있는 곳이라는 것을 누군가 귀띔해주지 않았다면, 나는 방금 지나온 자작나무 숲과 사과나무밭에서처럼 걸음을 늦추거나 잠시 발길을 멈추어 그대로 서 있다가 조용히 다시 앞으로 이어지는 오솔길을 걸어갔을 것이었다.

모스크바로 돌아오는 길, 슬퍼하지도 생각하지도 말고, 아무것도 세우지 말고 그저 소박하게 묻어달라던 톨스토이, 하늘을 사랑하여 하늘을 잘 보이게만 해달라고 당부했던 톨스토이의 마지막 말을 되새겼다. 하늘과 새소리, 그리고 초록의 자연뿐 아무것도 새겨놓지 않은 톨스토이의 무덤은 지금까지 우여곡절을 겪으며 찾아갔던 세상의 수많은 예술가의 무덤 중 가장 아름다웠다.

화가에게 생명과도 같은 것은 빛이다. 북구의 렘브란트,
반 고흐 등이 햇빛 쏟아지는 남프랑스나 이탈리아로
떠난 이유가 거기에 있다. 화가들이 머무는 곳에는
언제나 빛이 충만하다.

세잔 아틀리에, 엑상프로방스

여름밤 스승 생각

「어른의 자리」라는 글을 쓴 적이 있다. 이런 저런 지면에 발표한 글들을 산문집으로 출간하곤 하는데, 시간이 지나면서 같은 주제의 같은 제목이 다시 떠오르는 경우가 있다. 에세이나 칼럼뿐만이 아니라 소설 작품 역시 마찬가지이다. 나만 그런 것이 아니고, 글쟁이들에게 보편적으로 일어나는 일이다. 그래서 소설의 주제에 천착한 브룩스와 워렌 같은 연구자들은, 아무리 훌륭한 작가라 해도 평생 쓸 수 있는 주제는 둘, 또는 셋이 전부라고 말하기도 한다. 나에게 어른에 대한 화두를 새삼 다시 일깨워준 것은 성우제의 『딸깍 열어주다』이다. 이 책은 독특한 제목에

우선 눈길이 가고, 그다음 표지 우측 상단 별처럼 박혀 있는 인물 사진들에 눈길이 멈춘다. 작가가 청소년기부터 인연을 맺어온 스승, 도반道伴들인데, 불문학자 김화영, 황현산, 소설가 김훈 등 몇 분은 나도 어느 시기 가까운 거리에서 뵈어온 어른들이다. 그래서인지 책을 펼치자마자, 마치 함께 걸으며, 또는 마주 앉아서 추억담을 나누고 있는 듯한 착각에 빠질 정도로 정겹고, 벅차다.

　　일찍 아버지를 여읜 작가에게 아버지의 존재감을 안겨준 스승, 공부와 세상의 법칙과 가치를 일깨워준 스승, 인간에 대한 예의와 품위를 보여준 스승, 도전과 실천을 견인해준 스승, 성우제가 들려주는 '아홉 스승 이야기'에 귀를 기울이다가, 나도 작가처럼 마음에 품고 있는 스승들과 그들을 향해 쓴 글들이 떠올랐다. 이어 문단의 스승이자 대선배인 박완서, 김윤식 선생님을 생각하며 단편소설 「저녁 식사가 끝난 뒤」, 「동행」을 쓴 것, 대학 은사인 김치수 선생님을 생각하며 「프로방스 가는 길」을 쓴 것이 줄줄이 떠올랐다. 그러고 보면, 지금까지 내가 쓴 수많은 글은 누군가를 그리워하고 기리는 추모의 형식, 그 이외에 아무것도 아니었다.

우리는 본능적으로 이야기를 사랑하는 존재, 끊임없이 이야기를 하고 싶고, 듣고 싶은 호모 나랜스들이다. 리베카 솔닛이 『멀고도 가까운』에서 밝힌 대로, 이야기꾼의 재능은 다른 데 있지 않다. 이야기의 힘은 쓰는 이든, 읽는 이든, 기본적으로 감정이입에서 나온다. 페르시아의 젊은 왕비 셰에라자드가 살인마 왕으로부터 천 하루 동안 목숨을 연장해간 무기는 이야기이다. 이야기는 그녀의 목숨을 살렸을 뿐만 아니라 밤마다 핏빛 복수심으로 잔혹했던 왕의 죽어버린 마음도 살려냈다. 누군들 마음에 품은 스승 한두 분, 가슴 젱한 이야기 한두 편 없으랴. 다만 잊고 지냈을 뿐. 돌아보기 인색했을 뿐. 인생은 마라토너의 여정과 같다. 나는 인생길에 누리는 행복의 조건으로 고비마다 함께한 친구, 또는 스승, 또는 어른의 있고 없음을 환기하곤 한다. 성우제가 『딸깍 열어주다』에 초대한 아홉 스승 이야기는 서랍 깊숙한 곳에 차곡차곡 넣어두고 부치지 못한 편지들, 거기에 깃든 마음의 역사와 삶의 행로를 펼쳐보도록 부추기는 유쾌한 에너지로 충만하다. 긴긴 여름 끝자락, 폭풍우와 뙤약볕을 견뎌낸 붉은 열매 같은 책이다.

유월을 떠나보내며

일주일 동안 많은 일이 있었다. 1학기를 마쳤고, 남해와 경주를 다녀왔고, 메르스와 글쓰기에 대해 고통스럽게 돌아보았고, 그리고 엄마를 생각했다.

남해에 간 것은 문학과는 가장 먼 분야의 전문가들을 대상으로 특강을 하기 위해서였다. 문학을 지속해서 읽어오지 않은 분들 앞에 서거나 그들을 대상으로 글을 쓸 때 내게는 분명한 이유가 있다. 그것을 사명감으로 느끼기도 한다. 대중 앞에 설 때 나는 문학과 등가이다. 그렇기 때문에 문학을 지속해서 읽어온 독자들과 만날 때보다 더 많은 에너지와 노력이 필요하다. 전혀 다른 분야에서 살아온 분들과 나는 보고 느끼고 생각하고 풀어내는 것이 다르다. 외국어로 떠듬떠듬 소통하는 것과 유사한 기분일 때도 있고, 맨땅에서 헤엄치듯 곤혹스러울 때도 있다.

남해에서의 특강은 채 50분이 안 되는 짧은 시간이었다. 프롤로그에 불과했다. 대상은 삼십 대 중반에서 육십 대 중반에 이르는 공학 전문가들이었고, 남성분들이었다. 책상 위에 밀린 일들이 산적해 있기에, 특강을 마치고 밤의 남해 고속도로를 쏜살같이 달려 집으로 돌아올 수도 있었으나, 그곳에 남았다. 그리고 다음 날 아침, 그분들과 금산에 올랐다. 보리암으로 향하는 버스 안에서 평소하지 않던 짓을 했다. 마이크를 들고 시 한 편을 낭독한 것이었다. 이성복의 「남해 금산」이었다. 일행 중 이성복 시인의 존재를 아는 이는 없는 듯했다. 당연히 남해 금산에 오르면서도 「남해 금산」이라는 시 또한 처음 들어보는 듯했다. 나는, 시인과 시의 사연을 짧게 언급하고, 낭독했다. 시는 짧았고, 일행은 버스에서 내렸다. 보리암까지 그들 틈에 끼어 걸어 올라갔다. 뜰 오른쪽, 해수 관음보살상과 삼 층 석탑 앞 난간에서 말없이 건너편 우뚝 솟은 바위를 바라보았다. 옛날 한 여인을 가슴에 품었으나 사랑을 이루지 못하여 돌 위에서 뛰어내렸다던 한 남자의 순정을 생각했다. 시에서는 여자를 따라 돌 속으로 들어간 사내였다. 여기저기에서 상사바위를 묻는 일행들의 소리가 귓전에 울렸다.

남해에서 돌아오자마자 언니로부터 급히 연락을 받고, 경주로 달려갔다. 언니는 계단을 헛짚어 굴러떨어지는 바람에 팔목 뼈가 부러져 수술을 받기 위해 입원해 있었다. 메르스 여파로 병원은 썰렁했다. 언니의 보호자가 되어 이틀을 꼬박 병실에서 보냈다. 졸지에 환자복을 입고 있는 언니도, 마스크를 쓰고 있는 나도 낯설었다. 언니를 수술실로 들여보내고 대기하는 동안 만감이 교차했다. 여러 역할 속에 살아왔지만, 나는 유독 보호자 역할에 트라우마를 가지고 있었다. 수술을 마치고 실려 나오는 언니는 나를 보자마자 눈물을 흘렸다. 눈물을 닦아주기 위해 언니의 눈가에 손을 가져가면서 엄마를 생각했다. 엄마가 이 세상에 살아 계셨을 때나 저세상으로 돌아가신 지금이나 언니는 막내인 내게 엄마 같은 존재였다. 엄마의 기일은 4월, 올해에는 언니와 엄마한테 가지 못했다. 다시 집으로 돌아오는 길, 언니가 퇴원하면 제일 먼저 용인으로 달려가리라 마음먹었다. 6월이 끝나가고 있었다.

고독의 아홉 번째 물결. 혁명도 여자도 알아야 할 것은
다 알아버린 나이의 처연함, 날이면 날마다 밀려오고
밀려가는 물결에 고독이라는 이름을 명명할 수 있는
담담함의 세계.

칼레의 바다, 노르망디, 프랑스 © Gabriel. K

광장으로 가는 길

　　　　　그날 나는 구두 한 짝을 손에 들고 맨발로
미친 듯이 뛰었다. 다른 한 짝은 광장 어딘가에 뒹굴고 있
을 것이었다. 정문 쪽에서 학생들이 밀집한 광장으로 최루
탄이 날아오기 시작했고, 그와 동시에 학생들은 사방으로
몸을 날려 뛰었다. 허공을 가르며 날아오는 최루탄은 태양
빛을 받아 까맣게 보였다. 내 눈에 그것은 새처럼 보였다.
까만 새들은 수십 마리씩 떼로 날아와 광장에 떨어졌다. 이
웃 학교에서는 한 청년이 그 새에 맞아 쓰러져 목숨을 잃었
다. 그를 애도하는 물결이 학교 안팎, 광장으로 모여들었다.
선뜻 광장으로 나서지 못하고 도서관 창가를 서성이던 나

같은 겁쟁이도 예외는 아니었다.

광장은 사방으로 길이 통하는, 자유로운 곳
이다. 그러나 그날 나는 광장 한가운데에서 두려움이 목까
지 차올라 죽을 것 같았다. 한 치도 물러설 수 없는 대치 상
황에서 까만 새 떼들이 광장을 향해 날아오는 것이 또렷하
게 보였다. 그 순간 공포로 내 머릿속은 하얘졌다. 어디로
든 뛰어야 했다. 멈춰보니 후문 밖이었고, 구두 한 짝이 손
에 들려 있었다. 왼쪽으로 가면 신촌, 또 다른 광장이 나왔
고, 오른쪽으로 가면 광화문, 세상으로 이어지는 터널이 있
었다. 나는 어설픈 패잔병처럼 구두 한 짝을 손에 들고 맨
발로 터널 속으로 들어갔다. 터널은 길고, 어두웠다.

그날 이후, 나는 하늘을 자유롭게 날아다니
는 새들을 제대로 바라보지 못했다. 무엇인가, 새들처럼, 하
늘에서 움직이는 작고 까만 것들을 보면 맥박이 빨라졌고,
어디로 뛸까, 머리를 감싸고 두리번거렸다. 그 증세는 이듬
해 대학을 졸업하고 광화문에 있는 문예지 기자로 입사한
뒤에도 계속되었다. 세상에 그럭저럭 적응해갔다. 일과를
마치고 골목길을 느릿느릿 걸어 광화문 네거리로 빠져나오
곤 했다. 골목 주점들의 불이 하나둘씩 켜지는 저물녘이면,

퇴근자들 발길만큼이나 가볍게 새들이 가로수 사이로 날아올랐다. 그러다가 그만 나뭇가지를 잘못 짚어 바닥으로 떨어지는 새들도 있었다. 어느 날 내 앞에 그런 새가 한 마리 떨어져 죽었다. 그것은 나와는 무관한 듯했지만, 돌이켜보면 내 삶의 전환점이 된 사건이었다.

　　　　하늘을 자유롭게 날아가는 새를 온전히 바라볼 수 없었던 사람이 비단 나만이었을까. 그날 밤 집으로 돌아와 나는 한 마리 새의 죽음을 생각하는 긴 글을 쓰기 시작했다. 새의 출발점은 광장이었고, 개인의 훼손된 마음으로 가는 길이었다. 그것이 내 생애 첫 소설이자 등단작 「광장으로 가는 길」이었다. 제목의 광장은 우리가 그때 불렀던 '민주광장'을 뜻했다. 매년 한두 번 모교의 그 광장을 찾아가곤 했다. 그러다 몇 년 동안 하얗게 잊었다. 까마득한 후배들이 그 광장을 되찾아주었다. 부끄럽고, 고맙다.

성난 눈으로 돌아보다

        대학 4학년 때인가, 전공 수업 시간에 알베르 카뮈의 『페스트』를 강독했다. 사르트르의 『벽』, 『구토』와 함께 실존주의 문학을 대표하는 작품이었다. 많은 세월이 흘렀지만, 내 서가에는 그때 수업시간에 공부했던 원서들이 그대로 꽂혀 있다. 『페스트』는 전염병으로 고립에 처한 오랑이라는 공간을 배경으로 극한 상황 속의 인간을 탐구한 작품이다. 소설의 주인공은 의사 베르나르 리유. 그는 페스트라는 공포 속에 놓인 인간들을 기록해나간다. 그 과정에서 그는 페스트보다 더 인간을 위협하는 치명적인 적敵과 맞닥트린다. 봉쇄된 오랑 시에 급속도로 퍼져가는 불신과 절망, 체념과 고독이 그것이다.

　　　　3학년 외국 소설 수업 시간에 토마스 만의 「베네치아에서의 죽음」을 문청들과 읽곤 한다. 이 소설 역시 콜레라라는 전염병을 매개로 전개된다. 그러나 토마스 만이 전하고자 하는 바는 카뮈의 그것과 사뭇 다르다. 아드리아해의 깊숙한 내안內岸에 자리한 물의 도시 베네치아는 신비롭고 매혹적인 동시에 콜레라가 창궐했던 불온한 도시로 악명이 높다. 카뮈가 『페스트』에서 파헤치고자 한 것은 집단적인 공포와 인간 내면에 도사리고 있는 반항이라는 실존 정신이다. 이에 비해 토마스 만이 「베네치아에서의 죽음」에서 드러내고자 한 것은 인간 본성에 감춰진 에로스, 곧 절대미를 향한 동경이다. 카뮈는 북아프리카 알제리 해변의 평범한 도시 오랑에 의사 리유를 등장시켜 다양한 인간 군상을 연대기적으로 기록해나가는 방식을 취한다. 반면 토마스 만은 베네치아의 역사·지리적 속성을 소설 속에 끌어들여 쉰 살의 소설가 아셴 바하가 열네 살 미소년 타치오의 아름다움에 빠져 섬을 떠나지 못한 채 콜레라로 죽어가는, 지극히 개인적인 파멸 과정을 연출한다.

　　　　2000년대 한국 소설에서 디스토피아 서사의

선구작인 편혜영의 『아오이 가든』은 2002년 사스의 소설적 보고報告이자 응전應戰이다. 상황이 어떻게 바뀌든, 소설의 화두는 인간이다. 인간은 국가라는 사회구성체의 일원이다. 지금 우리 삶을 송두리째 뒤흔들고 있는 메르스 공포의 주범은 무엇인가. 카뮈가 『페스트』에서 문제 삼은 것은 신이 사라진 시대에 성자聖者의 존재, 인간의 속성과 인간임을 포기하지 않는 의식, 곧 모럴(윤리)이다. 이들을 통해 카뮈가 증명해 보이려고 한 실존의 키워드는 반항과 부조리이다. 부조리란 이성으로 설명할 수 없는, 말이 안 되는 상황을 가리킨다. 엄연히 존재하나 마비되어버린 체제의 무능과 악화가 일으킨 총체적 난국은 『페스트』나 『아오이 가든』의 비인간적인 현실을 성난 눈으로 돌아보게 한다. 메르스 이후, 어떤 소설이 우리 삶의 부조리한 치부를 드러내 보여줄 것인가. 피할 수 없는 것이 진실이라면, 아픈 눈으로 새겨보는 수밖에 도리가 없다. 그러나 말이 안 되는 이런 상황은, 제발 이번으로 족하다.

때로는, 아니 수시로 이곳에서 이곳을 여행하기
시작했다. 마치 저곳에서 짧게라도 진하게 삶을 살듯이,
이곳에서 뜻밖의 은밀한 여행을 도모하는 것이다.

샌 루이스 오비스포, 캘리포니아 암트랙, U.S.A

당신의 여름은 괜찮습니까?

4월이 가고, 5월이 와도 숨쉬기가 편치 않다. 최근 한국 소설계에 유독 참사와 재앙, 애도의 서사가 많이 생산되는 이유를 묻는 일은 무의미하다. 김애란의 단편 「물속 골리앗」은 이렇게 시작한다.

장마는 지속되고 수박은 맛없어진다. 전에도 이런 날이 있었다. 태양 아래, 잘 익은 단감처럼 단단했던 지구가 당도를 잃고 물러지던 날들이. 아주 먼 데서 형성된 기류가 이곳까지 흘러와 내게 영향을 주던 시간이. 비가 내리고, 계속 내리고, 자꾸 내리던 시절이. 말하자면 세계가 점점 싱거워지던 날들이 말이다.

— 김애란, 「물속 골리앗」, 『비행운』, 문학과지성사, 2012

이 소설은 철거의 폭력과 공포에 내몰린 재개발 공간과 한 달째 쏟아지는 폭우 상황에 고립된 한 소년의 이야기를 담고 있다.

김애란의 또 다른 단편 「하루의 축」에는 이런 장면이 등장한다.

기옥 씨는 입을 크게 벌려 과자를 반쯤 베어 물었다. 처음에는 '아유 달어' 하고 살짝 몸서리쳤지만, 곧 프랑스 전통 과자의 그윽하고 깊은 단맛, 부드럽고 바삭한 식감을 조심스레 음미했다. 하지만 얼마 안 돼 기옥 씨의 안색은 이내 어두워졌다. 기옥 씨는 왠지 울 것 같은 얼굴로 나지막하게 웅얼거렸다. '왜 이렇게 단가……. 이렇게 달콤해도 되는 건가…….'

— 김애란, 「하루의 축」, 『비행운』

너무 달콤해서 소설의 화자 기옥 씨를 몸서리치게 만든 것은 프랑스 전통 과자 마카롱이다. 기옥 씨는 누구인가? 공항의 일용직 잡부이다. 이런저런 사연으로 화장실 청소를 하며 하루 벌어 하루 사는 삶에 처해 있다. 이런 기옥 씨의 일터에 누군가 '스무 가지가 넘는 색깔의 신선한 마카롱'을 놓고 간 것이다. 한 입 베어 문 마카롱은 하루하루 죽지 못해 사는 기옥 씨의 고달픈 하루를 한 방에 날려버릴 정도로 달콤하다. 기옥 씨로서는 태어나 한 번도 경험하지 못한, 상상할 수 없는 맛이다. 넋을 쏙 빼가듯 기옥 씨의 미각을 사로잡은 달콤함은 독자에게 전달되면서 처절함으로, 이어 처연함으로 바뀐다.

김애란의 인물을 만나는 것은 단순한 소설 감상에 그치지 않고, 작가란 무엇인가를 확인하는 과정에 다름 아니다. 작가란 어떤 존재인가를 알기 위해서는, 김애란이라는 젊은 작가의 문장, 문장 속에 담긴 의식, 의식 속에 새겨진 세계(작품)를 엿보면 된다. 그녀가 호출해낸 인물들의 존재 방식은 2010년대 전후 한국 사회의 민낯을 첨예하게 드러낸다. 작가란 그저 이야기의 재미(오락)만을 추구하는 것이 아니라, 변화하는 사회의 맥락 속에 '인간이란 무엇인가'라는 존재론적인 질문과 흘러가는 시간에 맞서는 예술의 의미를 소설을 통해 던지는 존재이다. 뭇사람들의 견딜 수 없는 슬픔과 어긋나고 웅어리진 현실을 풀어주고 어루만져주는 존재가 작가이고, 소설이다.

　　　작가에게는 영매靈媒의 역할이, 소설에는 치유의 기능이 내재해 있다. 여름의 문턱에서, 안부를 묻듯, 김애란의 소설 한 자락 건네본다.

검은   숲길을 걸어

한참을

달맞이 언덕의 단상

곶串이라는 말을 좋아한다. 갑岬이라는 말도
좋다. 포구浦口나 만灣도 좋다. 글자의 모양새와 어감이 근사
하다. 프랑스어에서처럼 이들에게 성性을 붙여 읽으면, 지
형적인 본성을 실감할 수 있다. 본성은 자연이다. 곶은 남
성, 포구는 여성이다. 대학 불문과 시절, 심수봉의 〈남자는
배 여자는 항구〉가 유행했다. 축제 때 과가科歌로 이 노래를
목청껏 불렀다. 온종일 책상에 들러붙어 앉아 불어 문장을
해독하느라 끙끙대다가 파란 하늘 아래 이 노래를 소리 높
여 부르면 가슴이 벅차오르면서 왠지 모르게 간절해졌다.
노래대로라면 배는 남성명사, 항구는 여성명사여야 한다.

그런데 프랑스어에서 항구는 남성이다. 가사의 뜻에 따르자면, 여성인 포구가 적합하다.

심수봉의 〈남자는 배 여자는 항구〉의 뜻을 새기고 부를 때, 인간사 사랑의 섭리에 절로 공감하는 것처럼, 알베르 카뮈의 『이방인』 역시 작가가 부려놓은 어휘의 본성을 파악하고 읽으면 공명의 폭이 커진다. 주인공 사내 뫼르소가 어미의 장례식을 치르자마자 마리라는 여자와 정사를 나누고 바다로 간 이유, 마리와 바다에서 물놀이를 하다가 급기야 바닷속으로 들어가 수영을 하는 행위는 무엇을 뜻하는 것일까. 프랑스어에서 바다와 어머니는 '메르', 발음이 같다.

나는 해운대 바닷가 달맞이 언덕에 산다. 언덕의 오솔길과 포구를 걸으며 심수봉의 노래를 흥얼거리기도 하고, 카뮈의 반항 정신에 이끌리기도 한다. 그렇게 내가 걷는 길은 이름 그대로 달맞이 명소이다. 동해에는 이곳 말고도 휘영청 달이 떠오르는 순간을 볼 수 있는 최적의 장소들이 많다. 곶이나 갑, 언덕들이 그들이다. 장기곶, 간절곶이 떠오른다. 해운대의 달맞이 언덕과 그들은 무엇이 다를까.

알프스 산자락의 남쪽과 지중해 북쪽이 만나 펼쳐지는 곳과 포구의 해안선은 세계적으로 아름답기로 자자하다. 코트다쥐르, 곧 쪽빛 해안이라 불리는 이곳은, 니스를 중심으로, 동쪽으로는 망통, 프랑스령 모나코, 서쪽으로는 앙티브, 생폴드방스, 칸, 생트로페 일대를 가리킨다. 20여 년간 나는 세상의 크고 작은 바다들을 경험했다. 코트다쥐르처럼 절경을 이루는 해안은 많았다. 그런데도 여행자들이 코트다쥐르를 꿈꾸는 이유는, 르누아르, 피카소, 샤갈, 피츠제럴드 등 무수한 예술가들이 그곳을 거처로 삼고, 쓰고, 그리고, 찍으면서 독보적으로 예술적인 이미지를 형성했기 때문이다.

해운대 달맞이 언덕은 문탠 로드라는 별칭을 가지고 있다. 달빛을 온몸으로 받으며 바닷가 오솔길을 걸으면, 살갗에서 영혼 깊숙이까지 달빛이 깃든다는 의미이다. 해운대의 달맞이 언덕이 세상의 무수한 달맞이 언덕들로부터 문탠 로드라는 고유한 이름을 획득하기 위해서는 지형적인 본성에 예술적인 힘이 축적되어야 할 것이다. 코트다쥐르처럼.

내가 찾아가는 곳 모두가 작가와 작품의 무대였으니,
바다야말로 예술가들의 상처를 치유해주고, 예술혼을
고양시켜 주는 성소인 셈이다.

산토리니, 그리스

봄빛 고요 너머

　　자라나는 봄빛 속에 사진집을 펼쳐놓고 오며 가며 바라본다. 더도 덜도 말고, 일기를 쓰듯 하루 한 장, 한 장면과 만난다. 사진 한 장에 누군가의 일생, 어느 골목의 역사, 어느 계절, 어느 하루의 흐름이 담겨 있다. 휴休, 공空, 하늘, 옛 동네, 구석, 인생, 산, 항구, 균형, 구름, 기다림, 무수함, 바다, 바위, 부처, 환희, 몸, 사라짐滅. 이들은 사진집의 지향점을 일목요연하게 보여주는 '궁극의 리스트'이다.

　　『궁극의 리스트』는 움베르토 에코가 고대부터 현대까지 인류의 문학예술을 한 권의 책으로 압축하면서 명명한 용어이자 책의 제목이다. 『궁극의 리스트』를 위해 에코가 선택한 장면은 190컷, 고대 호메로스의 서사시에서 20세기 앤디 워홀의 팝아트까지 아우른다. 에코의 방법론에 따라, 다양한 궁극의 리스트가 가능하다. 소설을 매개로 나를 사로잡은 궁극의 리스트를 구성해볼 수 있다. 이 목록은, 흥미롭게도, 소설보다도 '나는 누구인가'를 설명해주는 역할을 한다. 소설에서 나아가 그림, 영화, 공간(여행), 친구, 사랑 등으로 궁극의 리스트를 옮길 수 있다. 그것이 무엇이든 누군가가 구성한 궁극의 리스트는 그 사람의 삶(내공)과 욕망을 대변한다.

'휴休'에서 시작해서 '사라짐滅'까지, 18장의 목록으로 구성된 이 사진집 제목은 『요가, 하늘가에서』(눈빛, 2015)이다. 사진집 형태를 띠고 있으나, 그 이상, 요가와 시詩, 자연이 어우러진 향연이다. 서울 가회동, 전주한옥마을, 서초동 주차장, 북촌 골목과 기와지붕, 경동시장, 전남 무안, 삼성동 코엑스, 삼척항 등 전국 방방곡곡 장소를 가리지 않고 마틴 프로스트는 요가를 한다. 그 장면을 이스라엘 출신 포토그래퍼 다나 레이몽 카펠리앙이 흑백과 컬러로 찍었다. 그리고 그 순간을 마틴 프로스트는 다시 시로 썼다.

　　　　사진의 대상이자 시를 쓴 마틴 프로스트는
프랑스인으로 한국어와 영어, 일어에 능통한 언어학자(전
파리7대학 한국어과)이자 요가 교수(연세대)이다. 그녀의 요
가와 시는 인간과 자연의 본성을 거스르지 않는 정신과 지
혜의 산물이다. 그녀에 따르면, 요가는 육체적 수련이다. 그
러나 그것의 궁극적인 도달점은 '정신적 혼란의 정지停止'
이다. 곧 요가는 '정신세계에서 일어나는 행위'이다. 그런
의미에서 요즘 상업적으로 유행하는, 체중 감량을 위해 본
성을 해치며 고통스럽게 감행하는 다이어트 요가와 구별된
다.

　　　　마틴 프로스트는 처음 한국을 방문했던 1970년
대 중반부터 한국의 풍경과 풍물에 반해 수시로 지방으로
향했고, 특히 강진의 쪽빛 하늘과 바다를 사랑하여 파리에
한국의 청자 정원 건립 사업을 도모하는 등, 한국의 문화를
프랑스에 알리는 일로 평생을 살아왔다. 『요가, 하늘가에
서』는 내국인 못지않게, 아니 더 깊이 한국의 자연과 정서
를 체득한 그녀의 다정다감하면서도 경이로운 장면들을 담
고 있다. 요가와 시, 그리고 사진의 삼중주에 깃든 궁극의

리스트를 새봄의 메시지로 전한다.

"보이는 것 너머에 생각하지 못했던 고요가 깃들어 있음을 깨닫는다."

부산을 말할 때
이야기하고 싶은 장면들

바라보다, 건너다보다: 부산역-북항대교-영도

　새벽에 부산역에서 바라보는 영도는 푸른빛
이 감도는 연어색이다. 부산역에서 영도를 바라볼 수 있는
곳은 광장 쪽 정면 출입구가 아니라 후면, 부두 쪽 2층 출
입구이다. 내가 서울행 새벽 기차를 타는 날이 한 달에 두
어 번. 숨 가쁜 일정을 치르고 자정 무렵 부산역에 도착해
같은 자리에 서서 영도를 건너다본다. 섬은 거대한 별무리
로 반짝인다. 환상적이다. 환상은 실체를 잘 알지 못할 때
품는 욕망의 현상이다. 착시(헛것), 착각(몽상)으로 부르기
도 한다. 섬을 둘러싸고 있는 새벽의 푸르스름한 연어빛과

밤의 별무리는 항도의 아름다움을 안겨주지만, 영도다리 건너 가까이 다가갈수록 창마다 어려 있는 삶의 곡절들은 무지와 부끄러움을 일깨워준다.

걷다, 머물다: 미포-청사포-구덕포

　　동쪽 구덕포 송정 쪽으로 한 번, 서쪽 미포 해운대 쪽으로 또 한 번, 한 시간에 두 번 울리던 동해남부선 열차의 기적 소리는 이제 들리지 않는다. 2013년 11월 해운대-송정 구간이 신도시 뒤쪽 장산 쪽으로 옮겨가면서 폐철길이 된 것이다. 그해 나는 이곳에 없었다. 1년여 동안 파리와 뉴욕, 필라델피아, 보스턴, 시애틀, 샌프란시스코, 런던, 뮌헨, 로마, 이스탄불 등 셀 수 없이 많은 도시와 사막, 공항과 열차역, 바다와 포구 등을 떠돌다 돌아오니, 철길만 남고 소리는 사라져버린 것이다. 소설가란 족속은 세상의 사라져가는 모든 것을 끝까지 사랑하는 인간. 나는 틈만 나면 바닷가 언덕에서 해안가 철길로 달려 내려간다. 해가 뜨는 아침에는 해와 정면으로 맞서서 동쪽, 구덕포 지나 송정 쪽으로 걷고, 해가 기울기 시작하는 오후에는 청사포 지나 해운대 쪽으로 걷는다. 청사포를 사이에 두고 동쪽

과 서쪽에 자리 잡은 구덕포와 미포는 황석영의 걸작 단편
「삼포 가는 길」의 '삼포'는 아니지만, 포구마다 그에 못지
않은 사연을 품고 있어 누구든 이곳에 며칠 머물며 또 다른
「삼포 가는 길」을 꿈꾸기 좋은 곳이다. 달맞이 언덕에 살면
서 나는 이미 「상쾌한 밤」(송정역), 「환대」(문탠 로드), 「꿈
꾸는 소녀」(해운대 해수욕장 해변로), 「백야」(미포) 등의 소
설을 썼으니 말이다.

오르다, 돌아보다: 장산—천마산—아미산

　　　일산과 홍대 앞, 경주와 파리를 오가던 삶
을 해운대—낙동강 하구 쪽으로 옮겼지만, 나는 이곳에 뿌
리를 내리지 않았다. 뼛속까지 떠돌이 이방인(노마드)이라
자처하며, 이곳에서는 저곳을, 저곳에서는 이곳을 그리워
했다. 그러다가 때로는, 아니 수시로 이곳에서 이곳을 여행
하기 시작했다. 마치 저곳에서 짧게라도 진하게 삶을 살듯
이, 이곳에서 뜻밖의 은밀한 여행을 도모하는 것이다. 나
의 해운대 생활에서 첫 번째 여행 코스는 장산 오르기이다.
두 번째 코스는 이기대 오륙도 갈맷길, 세 번째 코스는 도
심 국제시장 어름과 보수동 책방골목, 그리고 네 번째 코스

가 천마산과 그 너머 다대포 몰운대이다. 해운대 장산의 묘미는 폭포사를 지나면서 뒤돌아보는 데 있다. 한고비 만날 때마다 멈춰 서서 뒤를 돌아보면, 마치 두 팔을 활짝 펼친 것처럼 해운대와 이기대가 자리 잡고 있다. 그 길에 탁 트인 바다 풍경과 대마도를 품은 수평선을 넉넉히 바라볼 수 있다. 해운대를 조망할 수 있는 곳이 장산이라면, 광안리는 황령산, 낙동강 하구와 어우러지는 다대포 바다는 아미산에서 감상할 수 있다. 장산과 해운대에서 생기로운 아침 해를 맞이한다면, 아미산과 몰운대에서는 고즈넉한 노을빛을 온몸으로 느낄 수 있다. 장산, 황령산, 천마산, 아미산뿐만이 아니다. 부산의 산으로 치면, 범어사가 자리 잡은 금정산이 으뜸이다. 이렇듯 부산은 한반도 이남의 최대 항구지만, 세계 유수의 항구에서는 찾아볼 수 없을 정도로 많은 산을 거느리고 있다. 이러한 지리적 특성으로 인해, 도로가 가파르고 좁고, 계단과 터널, 고가도로와 다리들이 많고, 심지어 바다를 가로질러 길이 7킬로미터가 넘는 대교가 놓여 있을 정도이다. 여기에 동란기 수도이자 피란민의 집결지였던 탓에 언덕이든 산이든 누군가의 묘터까지 등을 대고 누일 만하면 삶을 부려놓았던 애틋한 역사를 품고 있다. 파헤치면 파헤칠수록 주름이 촘촘하게 접혀 있고, 그만큼 이면이 많은 항도港都가 부산이다. 삶의 진실은 보이는 표면에 있지 않고, 이러한 주름과 주름 사이, 그 이면에 도사리고 있게 마련이다. 부산의 실체를 조금이라도 체험하고자 떠나온 여행자라면, 하루 한낮 또는 하룻밤 스쳐 지나가는 관광지에 그치지 않고 짧게나마 깊게 살다 갈 수 있을 것이다.

달리다, 넘나들다: 강과 만, 포구와 바다

일산 호숫가와 홍대 앞 거리를 뒤로하고 과감히 부산으로 거처를 옮겨온 이유를 들라고 한다면, 영화와 해산물이다. 처음엔 부산의 특성을 잘 몰랐다. 그저 직장을 따라온 것이었다. 이방인으로 온 것이었다. 그러나 나는 내 손을 믿는 사람. 마음의 문장을 쓰는 것도 손이고, 음식을 만드는 것도 손이다. 이 두 손으로 나는 사막에서도 김치를 담그고, 식탁을 차렸다. 그리고 그 식탁에 앉아 세상을 읽고, 소설을 썼다. 그러니 나는 어디에서도 살 수 있었고, 부산도 그 어디 중 한 곳이었다. 다행히, 부산에는 내가 원하는 모든 것이 있었다. 바다만 있는 것이 아니라 산이 많았고, 산자락마다 숲과 오솔길들이 바닷가까지 번져 있었다. 바다가 드넓은 만큼 강과 만, 무엇보다 포구들이 많았다. 포구마다 다채롭고 진기한 해산물로 넘쳐났다. 포구들을 들고나며 바닷장어의 진미를 발견했고, 회맛을 터득했다. 그리고 영화. 수영만 요트경기장의 옛 시네마테크와 부산국제영화제 개막식 밤의 불꽃 열기와 미지의 언어로 펼쳐지는 낯선 영화들을 나는 사랑했다. 이제는 수영강변으로 이전한 영화의 전당을 향해 수영강변로를 달리고, 바다색이 남아 있는 이른 저녁 시간, 멀리에서 찾아온 문우들과의 식사를 준비하기 위해 미포 어시장으로 달려간다. 이 모든 것은 지금까지 쓰인 문장들, 그리고 앞으로 쓰일 소설들로 향한다. 부산이 내게 준 것, 부산에 대하여 내가 정말 하고 싶은 이야기는, 그러므로 매번 새로 시작하는 소설이다. 부산 여행자들의 마음속에 새겨질 사람, 그 사람이 사는 공간. 부산을 떠나며, 저마다의 소설을 품기를!

수월관음도를 향한 미美의 여정

　　이탈리아 피렌체는 르네상스의 수도답게 레오나르도 다빈치, 미켈란젤로, 보티첼리의 도시로 잘 알려져 있다. 레오나르도 다빈치와 미켈란젤로가 피렌체를 기반으로 로마 바티칸, 파리, 밀라노로 존재감이 확장된 것에 비해 보티첼리만은 피렌체에 집중되어 있다. 이러한 사실은 우피치미술관을 대표하는 그의 걸작 〈비너스의 탄생〉을 근거로 들 수 있다. 이들 걸작 원본과 마주할 때 보통 10분을 넘지 않는데, 작품에 이르는 과정에서 우여곡절을 겪을 때가 많다.

　　레오나르도 다빈치의 〈최후의 만찬〉은 밀라

노 산타마리아 델라 그라치에 성당의 식당 벽에 프레스코
화로 그려져 있는데, 그곳에 입장하려면 인터넷이나 전화
로 예약을 해야 한다. 보티첼리의 그림들은 우피치미술관
이 고수하고 있는 입장 인원 제한 규칙에 따라 관람할 수
있는데, 2시간 넘게 줄을 서 있다가도 기차 시간에 맞춰 발
길을 돌리는 경우가 발생한다. 몇 번이나 찾아갔으나 만나
지도 못하고 돌아섰던 때도 있다. 파리 동양유물 박물관인
기메박물관에 소장된 고려 불화 〈수월관음도〉가 그것이다.

　　〈수월관음도水月觀音圖〉는 한국 불교회화의
꽃인 고려 불화 중에서도 신비스러운 영롱함의 극치로 꼽
힌다. 뜻은 "『화엄경』의 보다락가산의 유지幽池 위에 비친
달처럼 맑고 아름다운 모습을 나타내는 보살"(김영주, 『한
국불교미술사』, 솔, 1997)에서 유래한다. 이 국보급 불교회화
들은 국내보다는 국외, 대표적으로 일본, 미국, 그리고 프랑
스에 소장되어 있다. 주로 일제강점기 소장자가 진품의 가
치를 인식하지 못한 상태에서 안타깝게도 헐값으로 일본
의 개인이나 사찰에 매매하여 유출된 것으로 전해진다. 국
내 소장본은 몇 점에 그치는데, 예전 용인의 호암미술관에
소장되어 있다가 현재 한남동 리움미술관으로 옮겨와 자리

잡고 있다.

　　내가 〈수월관음도〉의 존재를 의식하며 살게
된 것은 미술사학자 김영주 선생의 『한국불교미술사』를 책
임 편집하면서이다. 첫 만남은 그보다 한 해 먼저 서울 호
암갤러리에서 전 세계에 흩어져 있는 작품들을 모아 '고려
불화전'(1995)이라는 특별전이 열렸던 때였다. 이후 파리에
갈 때면 단지 〈수월관음도〉가 소장되어 있다는 이유만으
로 마음이 수시로 기메박물관으로 치닫곤 했다. 그런 중에
2009년, 통도사 성보박물관 개관 10주년 기념으로 최대작
〈수월관음도〉[일본, 가가미진자鏡神寺 소장]가 귀국, 전시되
었고, 벅찬 마음에 한걸음에 달려가보았다.

　　근래 내가 수월관음도와 재회한 것은 미술
사학자 강우방 선생이 펴낸 『수월관음의 탄생』(글항아리,
2013)을 통해서이다. 한국과 서양 회화의 공통된 미학과 여
성성으로 물 위의 도상圖上과 연관 지어 14세기 고려의 〈수
월관음도〉와 15세기 르네상스 시대 〈비너스의 탄생〉을 해
석한 것이 새롭다. 그곳이 어디든, 달빛이 은은하게 비치는
아늑한 연못가, 수월관음의 세계로 떠나보자.

셰르부르에 내리는 비

셰르부르에는 비가 내리고 있었다. 셰르부르에 가려고 마음먹은 지 거의 10년 만이었다. 왜 셰르부르에 가려고 했던가? 아니, 셰르부르는 어디인가?

셰르부르는 카트린 드뇌브 주연의 뮤지컬 영화 〈셰르부르의 우산〉으로 잘 알려진 프랑스 서북단 끝, 영불해협 연안의 작은 항구이다. 〈셰르부르의 우산〉은 우산 가게 딸과 정비공의 비극적 사랑과 심금을 울리는 주제곡으로 여전히 대중의 뇌리에 자리 잡고 있고, 최근 세계적으로 폭발적인 호응을 받았던 할리우드 뮤지컬 영화 〈라라랜드〉의 원형으로 알려져 다시 화제가 된 명작이다.

오래전부터 나는 프랑스로 향하는 비행기에 오를 때면, 지도를 펼쳐놓고 셰르부르의 위치를 찾아보았고, 혹시 일정 중에 그곳에 닿을 수 있을지, 동선動線을 살펴보곤 했다. 노르망디나 브르타뉴 지방으로 갈 때면, 셰르부르라는 지명을 염두에 두었고, 한번은 그쪽으로 방향을 잡았다가, 영불해협 쪽으로 길쭉하게 뻗어 나간 반도 지형이라 거리가 멀어 아쉽게 포기하기도 했다. 내가 그토록 셰르부르에 가고자 한 것은 영화 〈셰르부르의 우산〉의 현장을 직접 확인하고 싶어서가 아니었다. 나에게 셰르부르의 의미는 오직 롤랑 바르트의 태생지라는 데에 있었다.

롤랑 바르트는 20세기 프랑스의 문예비평가이자 기호학자다. 그는 소설가도 시인도 아니었지만, 처음 그가 쓴 『카메라 루시다(밝은 방)』와 『사랑의 단상』을 읽었던 이십 대 중반부터 그의 문장과 사유를 기려왔다. 나는 그의 저작들을 수집해왔고, 그것들은 『마담 보바리』의 작가 귀스타브 플로베르, 『잃어버린 시간을 찾아서』의 마르셀 프루스트와 함께 내 서가의 중심을 차지해왔다. 일본어를 모르면서도 도쿄 간다 거리에서 일본어 번역본을 찾아 구입했고, 파리 센강변이나 대학가 생 미셸 거리의 서점을

지나갈 때마다 잠시 멈춰 서서 습관처럼 그의 이름을 찾곤
했다. 가끔은, 마치 내가 쓴 일기장들 펼쳐보듯, 그의 유작
메모들을 꺼내보기도 했다.

> 문학, 그것은 내게 이런 것이다: 프루스트가 병
> 에 대해서, 용기에 대해서, 어머니의 죽음에 대
> 해서, 자신의 무거운 마음에 대해서, 또 그 밖의
> 것들에 대해서 쓴 글들, 그리고 고통이 없이는,
> 진실에 숨이 막히지 않고는, 그 글들을 읽어낼
> 수 없다는 것.
> —롤랑 바르트, 「애도 일기」, 김진영 옮김, 이순, 2012

문학, 용기, 어머니, 죽음, 고통, 진실……. 바
르트의 『애도 일기』는 어머니가 사망한 다음 날부터 2년
동안 불규칙적으로 종이 귀퉁이에 생각난 것들을 메모한
기록으로, 그가 교통사고로 죽기까지 지속했던 것이, 유작
으로 출간된 것이다. 나는 지난 몇 년간 이 『애도 일기』를
책상 한 켠에 올려두고 살아왔다. 몇 년 전 봄에 세상을 떠
난 엄마가 생각날 때면, 이 책의 표면을 어루만지기도 했

고, 그러다가 아무 페이지나 펼쳐보며 소리 없이 눈물을 흘리곤 했다. 누군가를 생각하며 흘리는 눈물은 얼마나 아프고, 감사하고, 달콤한 것인가. 나에게 셰르부르가 각별했던 것은 바르트를 향한 나의 연민이 그와 그의 엄마, 나와 나의 육친들과 동질의 것이기 때문이었을 것이다. 그리고 그것은 문학의 출발점이자 종착지이기 때문이리라.

　　2017년 8월 11일, 내가 셰르부르로 향한 것은 노르망디 연안의 아름다운 항구, 트루빌에서였다. 트루빌은 많은 예술가들, 특히 플로베르와 프루스트가 편애한 항구로, 인근에는 노르망디 상륙작전의 중심 항이었던 르아브르와 영화 〈남과 여〉의 현장으로 유명한 도빌이 좌우로 자리 잡고 있었다. 사흘 동안 노르망디 곳곳에 별처럼 퍼져 있는 소설 공간들을 답사한 뒤, 해군 대위 루이 바르트를 아버지로 둔 롤랑 바르트의 태생지 셰르부르를 향해 출발했다. 이번엔 프랑스로 출국하기 전부터 셰르부르에서 머물 것을 작정하고 바다 가까이 숙소까지 잡아놓은 상태였다.

　　오랫동안 세계 여행자로 살아오면서, 내가 선택하고 계획하는 장소들에 대한 두 가지 경향이 있다는 것을 깨달았다. 파리처럼 매번 방문하고, 일정 기간 체류하는 친숙한 도시가 있고, 셰르부르처럼 처음이자 마지막으로 찾아가는 낯선 곳이 있는 것이다. 그리고 그 많은 장소 대부분은 바다와 강에 면해 있다는 것. 내가 찾아가는 곳 모두가 작가와 작품의 무대였으니, 바다야말로 예술가들의 상처를 치유해주고, 예술혼을 고양해주는 성소聖所인 셈이다.

　　　　N13번 국도에서 셰르부르라는 지명이 눈에 들어오자 가슴이 먹먹해졌다. 내 태생지도 아닌데, 별일이었다. 그러나 그럴 만도 했다. 내 마음은 벌써 한 가족에 대한 연민에 사로잡혀 있었기 때문이었다. 셰르부르에는 나를 그곳으로 이끈 롤랑 바르트에 관한 것이 아무것도 없었다. 예상했던 일이다. 떠나기 전 바르트의 저작들은 물론, 프랑스 쪽 인터넷에서 그와 셰르부르에 관한 자료를 찾았으나, 태어난 다음 해 해군인 아버지가 전투 작전 중에 사망했다는 기록 이외에는 없었다. 그럼에도 불구하고 나는 가야 했다. 스물세 살에 전쟁미망인이 된 여자(앙리에트 뱅제)가 핏덩어리(바르트)를 안고 바라보아야 했을 바다는 어떠했을까. 핏덩어리를 안고 젊은 엄마는 피레네 산지 바닷

가 마을인 바욘의 친정으로 갔고, 그곳에서 유년을 보낸 바르트는 훗날 프랑스 지성사는 물론, 세계 문학사를 이끄는 문학자가 되었다.

> 아버지는 전쟁터에서 아주 젊었을 때 사망했다. 회고담이나 미담 속에 아버지가 등장하는 법은 없었다. 어머니의 중계를 통한 아버지에 대한 회상은 전혀 위압적이지 않았고, 거의 침묵에 가깝게 나의 유년 시절을 그저 약간 스쳐 지나간 것에 불과했다.
>
> —롤랑 바르트, 「롤랑 바르트가 쓴 롤랑 바르트」, 이상빈 옮김, 강, 1997

영화 〈셰르부르의 우산〉의 고장답게 비는 계속 내렸고, 호텔 로비에는 우산이 전시되어 있었다. 도시는 군항과 원자력 도시의 이미지를 숨기지 않고, 오히려 경쾌한 표지들을 내세워 공공연히 드러내고 있었고, 해양과 원자력 박물관 관련 행사로 시민들을 향해 친화력을 발휘하고 있었다. 나는 우산 없이 구도심을 걸었고, 나폴레옹

동상이 웅장하게 서 있는 광장과 요트들이 비둘기 떼처럼 모여 있는 만灣과 영화에서 연인이 헤어졌던 열차역을 돌아보았다. 그리고 날이 밝자 도심을 벗어나 해군 기지를 따라 이웃 항구까지 달렸다. 프랑스와 영국 사이, 삶과 죽음 사이, 슬픔과 망각 사이, 비는 쉬지 않고 내렸고, 하늘도 바다도 잿빛 비구름으로 스산했다.

　　　　스치듯 머물렀던 셰르부르에서 돌아와 6개월이 지났다. 롤랑 바르트의 여정은 이번 겨울 프랑스 서남쪽 끝, 대서양 연안의 바욘으로 이어졌다. 인생이란 한 사람의 생을 집요하게 추억하는 여정이라고 했던가. 여행이 끝나자 비로소 새로운 길이 시작되고 있었다.

내가 문학을 어렴풋이 자각하기 시작한 것은 외국 언어를 습득하는 과정에서였다. 나는 가까운 곳, 발 딛고 서 있는 현실이 아닌 먼 곳, 외국의 낯선 풍경과 낯선 사람들의 마음을 해독하는 데 병적일 정도로 열성이었다.

금장대, 경주

포도밭 지나 은빛 물결 쪽으로

라 로셸에서 점심을 먹고 대서양 연안을 따라 남쪽으로 향했다. 목적지는 피레네─대서양 바스크 지방의 바욘. 지난여름 노르망디 셰르부르에 이어 롤랑 바르트의 족적을 따라가는 여정이었다. 라 로셸과 보르도 구간은 메독, 마고, 생테밀리옹, 포이야크 등 세계적인 와인 산지를 거느리고 있어서 도로 양편으로 펼쳐지는 포도밭 풍경이 장관이었다. 천부적인 이야기꾼 로알드 달의 단편 「맛」의 무대가 바로 이곳 보르도 지역의 아주 작은 와이너리 생 쥘리엥이었다. 다채로운 와인 산지를 호명해내고, 일일이 묘사로 품평하는 작가의 내공도 내공이려니와 아버지와 그 친구가 와인 시음으로 산지를 알아맞히는 데 딸을 걸고 한판 내기를 벌이는 이야기는 시종일관 독자의 오금을 저리게 할 정도로 극적인 긴장과 재미를 선사한다.

> 보르도의 어느 지역에서 이 포도주가 나왔느냐? (중략) 이건 아주 상냥한 포도주야. 새침을 떨고 수줍어하는 첫맛이야. 부끄럽게 등장하지. 하지만 두 번째 맛은 아주 우아하거든. 두 번째 맛에서는 약간의 교활함이 느껴져. 또 좀 짓궂지. 약간, 아주 약간의 타닌으로 혀를 놀려. 그리고 뒷맛은 유쾌해. 위로를 해주는 여성적인 맛이야. 이 약간 경솔하다 할 정도로 너그러운 기분, 이건 생 쥘리엥 코뮌 밖에서는 찾을 수가 없어. 이건 틀림없이 생 쥘리엥의 포도주요.

—로알드 달, 「맛」, 정영목 옮김, 강, 2005

독자를 들었다 놓았다 하는 로알드 달의 현란한 언어의 상찬에 취해 있는 사이, 메독, 마고, 생 쥘리엥을 지나 보르도에 이르렀다. 자동차는 포도밭 사이를 힘차게 달리더니 보르도를 통과하는 데에는 한 시간 가까이 정체를 겪었다. 겨울 해는 뉘엿뉘엿 기울어 어둠이 내려앉고 있었고, 하늘에서는 또다시 빗방울이 떨어지기 시작했다. 프랑스의 겨울, 파리의 센강이 범람할 정도로 우기였다. 보르도를 지나 바욘으로 내려갈수록 빗줄기가 굵어졌다. 마드리드행 열차를 타고 피레네를 넘은 적은 있지만, 차로 보르도에서 남쪽, 피레네 방향은 처음이었다. 겨울밤의 어둠과 비. 여행자로서는 제일 피하고 싶은 두 가지였다. 어서 바욘에 도착해서 숙소에 여장을 풀고, 바르트가 좋아하는 것이라고 책에 명시해놓은 '메독 포도주'나 '부지 샴페인' 한 모금으로 피로를 달래고 싶었다. 가도 가도 끝없이 이어지는 단조롭고 어두운 도로의 전방을 직시하며, 내일 아침에는 비가 그치고 청명하기 그지없는 하늘을 볼 수 있으리라 주문을 걸었다. 비 그친 니브강과 아두르강변은 어떤 풍경일까.

일부러 즐겨 가곤 하는 길은 아두르강 우안右岸을 따라 난 길이다. 그 길은 옛날에 배끌이에 쓰이던 길인데, 농가들과 멋진 저택들이 길 따라

죽 들어서 있다. 내가 이 길을 좋아하는 것은 자연스럽다는 점과 남서부 지방 특유의 고상함과 친근함이 적절히 배합되어 있다는 점 때문인 것 같다. (중략) 내 추억 속에서 니브강과 아두르강 사이, 사람들이 '작은 바욘'이라고 부르는 옛 동네의 냄새들보다 더 중요한 것은 아무것도 없다.

—롤랑 바르트, 『소소한 사건들』, 임희근 옮김, 포토넷, 2014

결국 나는 빗속에서 바욘에 도착했다. 저녁 7시경이었으나, 세찬 빗줄기가 쏟아지는 검은 하늘 때문인지, 피레네산맥 아래에 자리 잡고 있어서인지, 밤이 훨씬 깊은 느낌이었다. 숙소는 바스크풍의 요새 일부를 현대적으로 리모델링한 곳이었다. 4층 숙소에 들어가자마자 창문을 열었다. 쏟아지는 빗줄기 사이 찌르듯이 빛이 눈부시게 폭발했다. 동시에 수천만 개의 빗줄기가 검은 허공으로 치솟아 함성을 만들어낸 듯 엄청난 소리가 고막을 울렸다. 빗속에 야간 경기가 한창이었다. 열린 창문 틈으로 빗줄기가 들이쳤다. 아침에 라 로셸에서 일출을 본 것이 며칠 전 일인 양 아득하게 느껴졌다. 나무 덧문을 닫고, 유리문도 닫았다. 어서 잠들어, 바욘의 아침을 맞이하고 싶었다. 아침 창문을 열면, 이런 장면을 볼 수 있을지도 몰랐다.

> 호텔 창문으로 내다보면, 인적 드문 산책로에 (아직 이른 일요일 아침. 멀리 사내아이들이 축구 하러 바닷가로 가고 있다) 양 한 마리와 꼬리를 바짝 세운 작은 개 한 마리가 보인다. 양은 개를 한 걸음 한 걸음 뒤따라간다.
>
> —롤랑 바르트, 「소소한 사건들」

비는 밤새 여름 장대비처럼 줄기차게 붉은 기왓장을 두드려대더니, 아침이 되자 놀랍게도 그쳐 있었다. 바욘은 바르트가 한 살이 채 되기 전에 해군에 복무 중이던 아버지를 전쟁에서 잃고, 스물다섯 살의 젊은 어머니 품에 안겨 와 유년기를 보낸 곳이었다. 그에게 바욘은 어머니처럼 그의 삶을 지탱해주는 의지처이자 위안처였다. 아침 햇살과 함께 깨어나는 중세 도시의 모습을 두 눈으로 직접 확인하기 위해 밖으로 나갔다. 아두르강과 니브강이 만

나는, '작은 바욘'이라고 불리는 강변에 이르자 한창 장이 서고 있었다. 어디에서 나타났는지 한 떼의 음악대가 활기를 일으키며 장터를 휘젓고 갔다. 나는 뜻하지 않게 행렬 속에 휘말려 뒤섞여 있었다. 행렬로부터 빠져나와 강변에 놓여 있는 다리 쪽으로 걸었다. 약도에는 다리 건너 왼편에 서점이 하나 있었고, 오른편에 광장이 하나 있었다. 나는 서점으로 내려갔다가 다시 다리를 건너 광장 쪽으로 방향을 잡았다. 다리를 건너는 중에 노란 미모사 꽃다발을 들고 가는 소녀를 만났다. 소녀의 발걸음은 마치 허밍으로 노래를 부르고 가는 듯한 착각이 들 정도로 경쾌했다. 광장으로 가던 길을 멈추고, 미모사 꽃의 출처를 찾았다. 머리에 보자기를 두른 혈색 좋은 할머니가 나무 상자 위에 미모사 꽃을 수북하게 쌓아놓고 있었다. 나도 소녀처럼 미모사 꽃다발을 사고 싶었다. 그러나 나는 한 시간 후면 바욘을 떠날 것이었다. 바욘에서 대서양의 기암절벽 해안가 비아리츠로, 그리고 비아리츠에서 피레네산맥 넘어 스페인으로, 여행은 계속될 것이었다. 비아리츠는 바르트가 그곳 고등학교에서 2년간 교편을 잡았던 곳이었다.

옛날에는 바욘과 비아리츠 사이를 운행하던 백
색 전차가 있었다. 여름에는 무개차를 달고 다
녔는데, 그걸 산책차(관람용 무개차)라 불렀다.
모두 그 차를 타고 싶어 했다. 시끄러움이 거의
없는 시골 도로변 풍경을 바라보면서 사람들은
경치, 움직임, 신선한 공기를 한꺼번에 향유하
곤 하였다.

—롤랑 바르트,「롤랑 바르트가 쓴 롤랑 바르트」

다리 건너 니브대학 교정에는 롤랑 바르트
광장이 있었다. 나는 광장을 에돌아 다시 장터의 미모사 꽃
파는 할머니에게 갔다. 그리고 망설임 없이 미모사 꽃 한
다발을 샀다. 비록 얼굴은 주름지고, 손은 뭉툭했어도 꽃다
발을 만들어주는 할머니보다 더 아름다운 이는 내 눈에 없
었다. 사진을 몇 컷 찍었다. 찍다 보니 할머니의 손이며, 허
리며, 얼굴이 클로즈업되어 보였다. 나는 노란 미모사 꽃다
발을 받아 들고, "할머니, 예뻐요!" 하고 외쳤다. 그리고 미
모사 꽃과 함께 은빛 물결 출렁이는 비아리츠로 향했다.

칼보다 강하고 죽음보다 영원한 것

십 대 때부터 나는 틈만 나면 노트나 책 귀퉁이에 무엇인가를 끼적거리며 썼다. 그것이 훗날 문학 행위의 전조였다는 것을 그때 나는 알지 못했다. 내가 문학을 어렴풋이 자각하기 시작한 것은 외국 언어를 습득하는 과정에서였다. 나는 가까운 곳, 발 딛고 서 있는 현실이 아닌 먼 곳, 외국의 낯선 풍경과 낯선 사람들의 마음을 해독하는 데 병적일 정도로 열성이었다.

그때 나를 사로잡았던 세계가 언어가 아니라 문학이었음을 자각하게 해준 것은 불어로 쓰인 작품들이었다. 보들레르, 랭보, 발레리, 말라르메의 시들, 라신, 베케트, 카뮈의 희곡들, 스탕달, 플로베르, 사르트르의 소설들, 바슐라르, 블랑쇼, 바르트의 비평들을 만나면서, 인간이 사용하는 언어가 보석보다 아름답다는 것을, 칼보다 강하며 죽음보다 영원하다는 것을 깨달았다. 그 첫자리에 샤를 보들레르의 『악의 꽃』이 있었다.

보들레르의 『악의 꽃』은 1974년 출발한 민음사 세계시인선의 첫 번째 자리를 차지한 이래 오늘에 이른다. 이것의 상징적인 의미가 큰데, 한국문학의 생태계와 관계되어 있기 때문이다. 6·25 동란 후 한국문학은 화전민의 처지에 있었다. 한국문인들은 초토화된 뒷골목에 나뒹구는 파편적인 책들을 주워 삼키며 텃밭을 일구어야 했다. 문학이란 무엇인가 하는 근원적인 질문에서부터 새로움에 대한 실험까지 한국문학에 지대한 영향을 끼친 것이 불문학이었다.

한글 1세대이자 4·19세대 소설가 김승옥을 비롯하여 김현, 김치수, 김화영에 의해 전파된 불문학은 나를 비롯한 외국문학도는 말할 것도 없고, 한국 문인들의 영혼을 뒤흔들고, 등대처럼 불을 밝혀주었다. 김현의 번역으로 만난 폴 발레리(『해변의 묘지』)와 가스통 바슐라르(『불의 정신분석』), 김치수의 소개로 접한 미셸 뷔토르의 누보로망들(『변모』, 『시간의 사용』)과 르네 지라르의 욕망이론(『낭만적 거짓과 소설적 진실』), 그리고 김화영의 문장으로 만난 알베르 카뮈(『이방인』)와 파트릭 모디아노의 소설(『어두운 상점들의 거리』) 등이 그것이다.

　　　보들레르의 『악의 꽃』은 글 쓰는 인간으로 새롭게 태어나도록 나를 뒤흔든 책이다. 덧없음과 권태는 곧 죽음, 서로 한통속이라는 섬뜩한 진실을 나는 보들레르에게서 배웠다. 그리고 지금까지 그의 『악의 꽃』은, 순간순간 사라지는 시간(삶)과 새록새록 살아나는 죽음(권태) 사이를 시계추처럼 오가도록 끊임없이 나를 자극하며 긴장시키는 불멸의 무기이다.

바캉스의 진정한 의미는 내 안의 잡념과 쫓기는
일상의 업무들에서 벗어나 가벼워지고 자유로워지기.
깨끗이 비워내 투명해진 의식과 눈으로 모래알과
파도와 수평선과 그 너머 하늘과 구름, 그리고 세상을
바라보기.

달맞이 언덕, 해운대

소설을 쓴다는 것은

처음엔 그 책이 왜 좋은지 몰랐다. 한 페이지를 읽는 데도 몇 시간씩 고투해야 했고, 시험 때에는 통째로 외워야 했고, 정신을 집중해 낭독을 듣고 또박또박 써내야 했다. 대학 3학년 봄에서 여름까지 소설 전공 강독 수업은 그렇게 지독하게 흘러갔다. 세월이 지난 뒤 다시 그 책을 펼쳐보리라고, 소설을 쓸 때마다 숨을 쉬듯 함께하리라고 그땐 미처 생각하지 못했다.

인생을 알기도 전에 만나서, 벅찬 감동은커녕 부담만 느끼다 시나브로 멀어지는 작품들이 있다. 조이스의 『율리시스』, 도스토옙스키의 『악령』, 카뮈의 『이방인』, 플로베르의『마담 보바리』같은 필독서들이다. 소설들이 누군가의 영혼을 사로잡고, 생生의 중심을 차지하게 되는 데에는 개종改宗과도 같은 전환점이 필요하다. 플로베르의『마담 보바리』가 나에게는 그러했다.

내가 불문학도가 된 것은 전적으로 자의적인 것이 아니었다. 그렇다고 타의적인 것도 아니었다. 자의 반 타의 반, 타협에 의해 불문과에 입학했다. 1년 동안 마음이 딴 데 가 있었다. 1년 후, 나도 모르게 마음이 모이기 시작했다. 보들레르의『악의 꽃』, 랭보의『지옥에서 보낸 한 철』을 읽은 뒤였다. 1년 뒤, 『마담 보바리』를 원서로 만났다. 그리고 잊었다. 플로베르도, 그의 대단한 '보바리 부인'도 깨끗이 잊어버렸다. 무슨 조홧속인지 몇 년 뒤 소설을 썼고, 소설가가 되었다. 김윤식의 소설 월평을 읽고, 한국 소설들을 읽기 시작한 뒤였다. 그리고『마담 보바리』를 다시 만났다. 누렇게 변색된 책장을 펼쳐보면서 깜짝 놀랐다. 문장에 대하여, 인물에 대하여, 화법에 대하여, 스타일에 대하여 빼곡히 적혀 있었다. 내 글씨가 분명한데도 귀신이 써 놓은 것처럼 친숙하면서도 낯설었다. 소설가가 된 후, 새 작품을 쓸 때마다 고심하는 내용들, 소설의 모든 것이 거기에 있었다.

현대 소설은 귀스타브 플로베르의『마담 보바리』이전과 이후로 나뉜다. 이 소설은 샤를 보바리와 결혼한 엠마라는 여자의 욕망과 파멸을 다룬다. 감수성이 풍부한 사춘기 시절, 파리 귀부인이 주인공인 연애소설들을 탐독하며 그녀들과 같은 삶을 꿈꾸었던 엠마의 과도한 욕망이 초래한 가정 비극이 골자이다. 플로베르는 사람 사는 곳이면 어디에나 있게 마련인 불륜이라는 통속적 소재로 독보적인 스타일(문체)을 창조함으로써 소설을 예술의 경지로 끌어올렸다는 평가를 받는다. 소설 쓰는 일이 혼신의 힘을 쏟아야 하는 고통스러운 작업이지만, 소설과 함께 살아가는 것이 황홀한 순간이 있다.『마담 보바리』를 펼쳐볼 때이다. 문학(소설)이라는 종교로 개종하면서 생긴 일이다.

쌍계사와 소설이 만날 때

광주로 하루 출장을 가면서 쌍계사에 들렀다. 아침부터 일이 진행되는 관계로 하루 전에 출발했다. 지리산 자락의 마을들과 섬진강 물길을 돌아보기 위해서였다. 남해고속도로에서 하동으로 빠져 섬진강에 산다는 은어처럼 유유히 강물을 거슬러 올라갔다. 한참을 달려도 시멘트 콘크리트 빌딩숲은 보이지 않았다. 도시에서 찢기고 지친 넋을 달래듯 온화해졌다. 빛과 그늘의 분명한 조화, 강물과 바람의 고즈넉한 흐름, 포구의 보드라운 모래와 산등성이들의 운치, 눈 닿는 데마다 푸르른 차밭, 그리고 소나무 쌍계 계곡까지 계속되는 벚나무 길. 섬진강변을 달릴 때면 외치고 싶을 정도로 행복감을 느꼈다.

봄이면 쌍계사를 꿈꾸곤 했다. 쌍계사, 화개
花開, 다솔사를 무대로 펼쳐지는 김동리의 단편 「역마驛馬」
를 읽은 뒤였다. 「역마」는 떠돌이 팔자(운명)를 타고난 소
년과 어머니, 그리고 소년의 사랑을 다룬 이야기이다. 끊임
없이 떠나든 한 판 싸우든 갈등과 불화를 겪으며 운명과 마
주함으로써 궁극적으로 평온에 이르는 김동리의 구경적究竟
的 세계관이 잘 구현된 단편소설이다. 한곳에 정주하지 못
하고, 국내외 여기저기를 수시로 떠나는 내 삶 역시 역마
의 소년 못지않다. 김동리의 주인공들이 떠돌이병을 앓는
20세기 문제적 개인이라면, 오늘날 한국 소설의 인물들은
시간과 공간을 자유롭게 넘나드는 21세기 떠돌이들, 곧 노
마드들이다.

쌍계사에는 봄에, 그것도 산수유 벚꽃 만발
한 상춘절에 가야 한다는 생각이 더욱 간절해진 것은 윤대
녕의 단편 「3월의 전설」을 읽은 뒤였다. 이 소설에 따르면
봄이 오면 쌍계사, 화개로 향하는 것은 본능과 관계된 일이
다. 화개. 이름만으로도 "마음이 되게 어지러워지고", 닿지
않으면 병이 도지는 신비로운 곳이다. 죽음에 이르는 치명

적인 병처럼, 한번 빠지면 헤어나기 어려울까 봐 부담스러웠던 것일까. 나는 하동 포구, 평사리, 악양, 화개, 구례, 다솔사를 오가면서도 정작 쌍계사에는 닿지 않았다. 세월 속에 역마살의 운명도, 3월이면 도지는 병(전설)도 겨울 햇살처럼 말갛고 담담해졌다.

광주 가는 길, 섬진강변에 이어 쌍계사에 닿을 생각을 한 것은 이기호의 단편 「밀수록 다시 가까워지는」을 읽은 뒤였다. 이 소설은 1980년대 어느 날, 할머니가 장가보내기 위해 사준 프라이드 자동차와 하나가 된 삼촌의 짠하고 기이한 역사를 조카인 내가 전하는 형식이다. 장가는 가지 않고 20년 동안 분신처럼 함께했던 프라이드 자동차를 남기고 떠난 삼촌을 찾아온 곳이 다름 아닌 쌍계사 입구이다. 삼촌의 프라이드 자동차는 후진 작동이 안 된다. 궁지에 처한 프라이드를 움직이게 하기 위해서는 온 힘을 다해 미는 방법밖에 없다. 소설은 밀수록 가까워지는 드문 경우를 애써, 따뜻하게 마련해준다.

겨울의 미덕은 눈을 홀리고 마음을 어지럽히는 봄의 폭발하는 색과 향과 형으로부터 자유롭다는 것이다. 보는 것마다 처음으로 돌아가 민얼굴, 맨정신이다. 한 겨울 쌍계사 일주문 안으로 한 발 옮겨 디디며, 아직 쓰이지 않은, 미지의 소설을 생각했다. 정수리에 와 닿는 햇볕이 따뜻했다.

바닷가 언덕에서의
프로방스 추억 여행

　　밤에, 프로방스에서 몇 장의 사진과 함께 간단한 편지가 카톡으로 도착했다. 송신자는 2년째 파리에서 향수를 연구 중인 스물두 살 청년 가브리엘. 그 시각, 프로방스는 어지러울 정도로 라벤더 향기가 고원에 진동하는 오후 5시, 내가 있는 바닷가 언덕은 보름달 드높은 자정. 사진은 지중해 쪽 알프스산맥 자락의 고원과 호수, 산간 마을의 전통 돌집들, 그리고 사이프러스와 오렌지 나무 울울한 쪽빛 해안 풍경들을 담고 있다. 프로방스에서 온 장면들은 내게 낯설지 않다. 이십 대의 어느 여름, 같은 공간에 서 있었던 적이 있고, 지나간 적이 있고, 그리고 올여름, 또는 머지않은 해에 그곳으로 가려고 품고 있던 참이다.

여름만 되면 먼 곳으로 떠나곤 했다. 발트 해 연안 상트페테르부르크로, 북대서양의 섬나라 아일랜드로, 남미 안데스 산간의 마추픽추로, 그리고 드넓은 라벤더 고원의 프로방스로. 그러나 올여름엔 멀리 떠나지 않는 대신 특별한 여행을 계획했다. 가까이, 아주 가까이, 집에서 2킬로미터 해변으로의 최근거리 여행. 하루에 한 권씩 비치백에 넣어 해변의 파라솔 아래로 떠나는 것이다.

내가 사는 해운대 달맞이 언덕은 문탠 로드 중간, 집을 나서서 오른쪽으로 걸으면 해운대 해수욕장에 이르고, 왼쪽으로 걸으면 송정 해수욕장에 이른다. 여러 갈래로 나 있는 오솔길을 따라 걷기도 하고, 그들과 나란히 뻗어 있는 폐철길(옛 동해남부선)을 따라 걷기도 한다.

첫날 비치백에 넣어간 책은 『릴케의 프로방스 여행』. 보헤미아(체코) 출신으로 유럽의 국경들을 넘나들며 보헤미안으로 머물고 떠나기를 계속했던 릴케의 눈과 의식에 새겨진 남프랑스의 풍경들이 편지 형식으로 전달된다. 편지의 수신자들은 릴케의 영원한 연인 러시아계 독일 여성 작가 루 살로메를 비롯해 스위스의 건축가, 독일 출판업자, 오스트리아 여가수, 폴란드의 귀족 부인 등 다양한 국적을 가진 연인, 예술가와 후원자들이다.

바캉스의 진정한 의미는 내 안의 잡념과 쫓기는 일상의 업무들에서 벗어나 가벼워지고 자유로워지기. 깨끗이 비워내 투명해진 의식과 눈으로 모래알과 파도와 수평선과 그 너머 하늘과 구름, 그리고 세상을 바라보기. 『릴케의 프로방스 여행』은 내게 여행 후일담 같은 책이다. 그동안 내가 몇 차례 여행했던 남프랑스 프로방스의 아름다운 자연과 도시들, 아를, 아비뇽, 엑상프로방스 등을 릴케의 눈으로 따라가고, 바라보고, 사유하기. 이 책은 앞으로 프로방스 여행을 계획하고 있는 여행자들에게는 실용적인 동선動線 안내를 겸하면서, 폐허조차도 아름다운 프로방스 자연의 본질에 대한 사유와 고독이 서정적이면서도 명징하게 펼쳐진다. 인생이란 추억을 완성하기 위한 여행길. 그동안 전투하듯 일상을 치르면서 떠남을 감행했던 여행자들에게는 추억의 쉼터로, 반대로 피할 수 없는 도의적 사정과 현실적 의무에 발이 묶여 누군가의 발자취로 간접 여행을 떠날 수밖에 없는 독서 여행자들에게 릴케의 프로방스 여행을 추천한다.

너는 나를 오솔길을 걸어 숲으로, 고개를 들고 걷고 또 걸어도 하늘이 손바닥만 하게 겨우 보일 뿐인 울창한 숲으로 나를 데리고 갔다. 숲속은 거대했고, 신성했고, 컴컴했다. 우리는 서로의 발소리를 들으며 한동안 말없이 걸었지.

아르덴 숲, 상파뉴, 프랑스

캘리포니아 드리밍,
서부에서 열차 타기

여행을 꿈꾸는 사람들에게 인기 있는 여행 안내 시리즈가 있다. '죽기 전에 꼭 가봐야 할' 세계적인 명소들 또는 절경들인데, 대부분 한 번 들으면 알 만한 곳들이다. 그런데 이 시리즈에는 잘 알려지지 않은 의외의 여행 루트들이 소개되기도 한다. 바로 미 서북부 시애틀에서 남부 LA까지 장장 2,253킬로미터의 거리를 36시간에 걸쳐 달리는 열차 여행, '캘리포니아 암트랙 코스트 스타라이트 라인'이 그것이다.

2013년 7월 7일, 미 서북부 워싱턴주의 주도 시애틀 킹스테이션에서 포틀랜드행 열차에 올랐다. 열차는 오전 11시 20분에 출발했다. 시애틀은 전 세계 도시들의 한 복판을 점령하고 있는 스타벅스의 출발지. 호수와 바다로 이루어진 독특한 지형과 그에 걸맞는 문화 예술 및 상업 도시로 미 서부 해안에 위치한 도시들 중 아름답기로 정평이 나 있었다. 그러나 시애틀에 머무는 사흘 동안 내 관심은 곧 이어질 포틀랜드에 가 있었다. 미국의 35세 이하 젊은 세대들이 가장 살고 싶어 하는 도시, 창조적인 사람들이 가장 숨쉬기 좋은 도시 포틀랜드의 면모가 궁금했다.

유럽은 철도 여행의 천국이라 할 정도로 도시와 도시, 국가와 국가 간의 철도가 치밀하고 섬세하게 발달해 있다. 반면, 미국은 유럽이 여러 국가로 구성된 것에 비해 광활한 대륙을 한 국가가 관리하는 체제라 철도 여행이 잘 발달하지 않았고, 자동차와 항공 중심으로 이동하게 되어 있었다. 어떤 의미에서, 미 서북부 워싱턴주의 시애틀에서 오리건주의 포틀랜드와 유진을 거쳐 남부 캘리포니아의 샌프란시스코와 LA에 이르는 암트랙 여정은 나에게 하나의 도전이었다.

시애틀에서 포틀랜드행 열차 이름은 암트랙 캐스케이드Amtrak Cascades. 시애틀 남쪽 한국인이 많이 모

여 사는 터코마를 지나 센트럴리아까지 바다 풍경이 이어
졌다. 해수욕하는 사람, 낚시하는 사람, 요트 타는 사람 등,
휴양지의 평화로운 풍경이었다. 센트럴리아를 지나자 서
부 산악지대의 숲이 펼쳐졌다. 산악 지형으로 이루어진 오
리건주였다. 열차는 3시간 40분 동안 달려 오후 3시 50분
경 포틀랜드 유니언 역에 정차했다. 빨간 기와지붕과 벽돌
로 지어진 역사가 눈길을 사로잡았다. 구름 한 점 없이 파
란 하늘 아래 오후 햇살이 청정한 공기를 가르고 뜨겁게 내
리쬐고 있었다. 역사 안으로 들어섰다. 높고 웅장한 대리석
벽과 천장이 다시 한번 눈길을 사로잡았다. 벽마다 역사의
변천 과정이 흑백 사진으로 전시되어 있었다. 사진 내용은
서부개척 시절의 현장을 고스란히 담고 있었다. 흑백 사진
들을 통과해 역사를 빠져나왔다. 시애틀에서는 느끼지 못
했던 사실이 분명하게 떠올랐다. 이곳은 미국 속의 또 다른
미국, 서부였다.

　　　　포틀랜드에서 닷새 머문 뒤, 유진을 거쳐 샌
프란시스코행 캘리포니아 암트랙에 올랐다. 열차는 오후
5시 13분에 출발했다. 포틀랜드는 로컬 푸드의 천국이자
친환경 교통 메카로 21세기 가장 '힙한' 도시였고, 유진은

작지만 예술적 품격이 넘치는 도시였다. 유진 역은 오래전 남프랑스 예술의 도시 아를 역을 환기시킬 정도로 인상적이었다. 역 앞 광장 가의 시계탑과 세계 도시 거리 표지 조형물, 자전거 조형물, 그래픽으로 개성적인 연출을 한 카페들…… . 며칠 더 거슬러 올라가 포틀랜드의 훌륭한 도시와 대학 환경 등, 오리건주에서의 닷새가 꿈처럼 황홀하기만 했다.

　　　　캘리포니아 암트랙 산타마리아 밸리 12호실. 열차가 움직이기 시작했다. 창가 테이블을 펼치고 노트를 꺼내 오리건주의 인상기를 메모했다. 침대칸에서 오후의 석양과 어스름 저녁 어둠과 깊고 푸른 밤의 별빛을 보며 밤새 달리는 열차에 걸맞게 2층 라운지와 식당칸을 갖추고 있었다. 특히 열차의 2층에 마련된 식당칸은 호텔 레스토랑처럼 아늑하고 고급스러웠다. 침대칸 승객에게는 저녁과 아침이 훌륭하게 제공되었다. 물론 예약하면서 별도의 추가 요금을 지불했기 때문이었다. 미국에서의 열차 타기는 미국인들의 상용 이동 수단인 자동차보다, 또 항공보다 가격이 높았다. 그런 만큼 달리는 호텔로 불릴 정도로 열차 환경이 좋았다. 동부, 중부 내륙, 서부 등 어느 노선을 선택하느냐에 따라 광활한 미 대륙의 풍광을 음미하며 장시간 여행할 수 있었다. 이십 대 때부터 20여 년 동안 유럽 철도 여행에 길들어 있는 나에게 이러한 장거리 열차 여행은 두 가지 선물을 안겨주었다. 독서와 작품 구상이 그것이었다.

책을 펼쳐놓은 채 시간 가는 줄 모르고 창밖만을 바라보았다. 시애틀에서 포틀랜드, 유진으로 이어졌던 분위기와는 다른 풍경이 펼쳐졌다. 하늘을 찌를 듯이 빽빽하게 서 있는 침엽수 숲속을 거침없이 달리는가 하면, 풀한 포기 자라지 못하는 모래사막을 달리기도 하고, 언뜻언뜻 야자수가 손을 흔드는, 파도 몰아치는 해안가를 끝없이 달리기도 했다. 사막이 나타나기 전까지 산과 숲과 계곡의 풍광이 숨 가쁘게 지나갔다. 사람의 손이 닿지 않은 거대한 대륙의 아메리카. 아직 발견되지 않은 미지의 자원은 얼마나 될까.

열차가 샌프란시스코에 도착한 것은 다음날 오전 9시 15분이었다. 정확히 말하면, 열차가 정차한 곳은 베이 브리지 건너 시 외곽의 에머리빌 역이었다. 유진에서 에머리빌까지 장장 14시간이 걸렸다. 20세기 초 지진으로 인해 샌프란시스코 도심에는 열차 역이 따로 없었다. 암트랙은 샌프란시스코를 중심으로 북쪽 노선은 에머리빌 역에, 남쪽 노선은 오클랜드 역에 있었다. 에머리빌 역에서 내려 광장으로 나갔다. 샌프란시스코행 암트랙 연계 버스가 기다리고 있었다. 열차에서 밤을 보낸 여행자들이 하나둘 줄을 서고 있었다. 베이 브리지 건너 피셔맨의 항구에는 안개가 자욱하게 끼어 있었다.

샌프란시스코에서 사흘을 보낸 뒤, 서부에서 열차 타기 마지막 여정인 샌프란시스코—LA 구간 암트랙에 올랐다. 샌프란시스코 오클랜드에서 LA까지 가는 방법으로는 연계 버스와 열차 탑승이 주어졌다. 산호세와 살리나스를 거쳐 샌 루이스 오비스포까지 234킬로미터는 버스로, 이어서 샌 루이스 오비스포에서 샌타바버라를 거쳐 LA까지 200킬로미터는 파란 하늘 아래 펼쳐지는 태평양의 해변 철로를 끝없이 질주하는 환상적인 열차였다.

샌프란시스코를 벗어나 길은 두 갈래로 갈라졌다. 하나는 내륙의 실리콘밸리 쪽, 다른 하나는 태평양의 살리나스 쪽. 버스라기보다 달리는 영화관에 올라탄 듯 사방으로 뻥 뚫려 있는 유리창으로 거대한 평원이 펼쳐졌다. 푸른 채소가 자라거나 올리브 나무 또는 체리 나무가 빽빽이 심겨 있는 푸르른 들판이 계속되었다. 추수가 끝나 텅 빈 들판에는 수백 수천 개의 스프링클러가 쉴 새 없이 하얀 물줄기를 뿜어대면서 대지를 촉촉하게 적셨다. 장관이었다. 그동안 유럽은 물론 아프리카와 남미에 이르기까지 세계 각지를 돌아보면서 어떤 곳은 광대하면서도 비옥해서 잘살고(유럽), 또 어떤 곳은 광대하지만 사막이나 습지여서 쓸모없는 땅이라 못 사는(아프리카, 중남미) 것이라 생각했다. 그러나 시애틀에서 LA까지 보름 동안 다채로운 풍경을 바라보면서, 이전의 생각을 수정했다. 어떤 곳은 거대하고 황막하지만 과학 기술의 힘으로 푸른 옥토로 변화시킨 풍요로운 현장도 있었다.

시애틀 킹스테이션에서 열차에 올라 오리건의 산악 협곡을 지나고, 캘리포니아의 사막 신기루를 지나고, 샌프란시스코의 안개를 지나 마지막 LA 유니언 역으로 달려 내려온 길. 그사이 내 이마 위로 열 개의 태양과 열 개의 달이 지나갔다. 미 서부에서 열차 타기는 한마디로 캘리포니아 드리밍이었다. 닷새간의 LA 해변 여행을 위해 역사를 빠져나오자 야자수들이 환영하듯 광장을 에워싸고 있었다.

부산국제영화제에서
바라나시를 추억함

    부산국제영화제에서 발굴하는 영화들이 있다. 칸영화제 심사위원 대상작인 헝가리 영화 〈사도 바울〉, 홍상수의 신작 〈지금은맞고그때는틀리다〉, 베를린영화제 감독상 수상작인 루마니아 영화 〈아페림!〉과 폴란드 영화 〈바디〉, 거장 허우샤오시엔의 신작 〈자객 섭은낭〉과 지아장커의 신작 〈산하고인〉, 그리고 고레에다 히로카즈의 신작 〈바닷마을 다이어리〉 등 화제작들이 영화팬들의 낮과 밤을 황홀하게 해주고 있지만, 정작 내가 가장 기대감을 갖고 관람한 영화는 인도 영화 〈마사안〉이다.

    〈마사안〉의 공간적인 배경은 인도 갠지스

강변의 성도聖都 바라나시이다. 로맹 가리의 「새들은 페루에 가서 죽다」, 이장욱의 「절반의 하루오」, 필자의 단편소설 「오후의 기별」에서 의미심장한 공간으로 등장하는 바로 그곳이다. 그리고 몇 년 전에 인상적으로 보았던 영화 〈화장터의 아이들〉(라제쉬 잘라, 2008)과 〈바라나시〉(전규환, 2011), 이번에 감상한 〈마사안〉은 처음부터 끝까지 바라나시의 화장터를 터전으로 삼고 있다. 이들 몇몇 작품들을 호명하는 행위만으로도 소설과 영화가 얼마나 이곳에 애착을 갖는가를 짐작할 수 있다.

　　　　로맹 가리 소설의 주인공 사내 레니에는 남태평양 바닷가 해벽에 카페를 열고 있는데, 매일 길이 3킬로미터의 좁은 모래사장으로 새들이 날아와 떨어져 죽는 것을 보고, '믿는 이들이 영혼을 반환하러 간다는 인도의 성지 바라나시'를 떠올린다. 로맹 가리가 스치듯 짧게 한 문장으로 바라나시라는 공간의 의미를 소설 서두에 새겨놓았다면, 이장욱은 마치 독자가 현장 속에 있는 듯이 사실적이고 반듯한 문장으로 재현한다. 주인공인 나는 델리에서 바라나시로 향하는 열차에서 만난 다카하시 하루오, 미국인과 일본인의 피를 공유한, 절반의 일본인인 하루오라는 기이한 인물을 통해 바라나시의 풍경과 여행자로서의 삶을 펼쳐 보인다.

바라나시는 힌두교의 최대 성지로, 강변의 가트는 인류 최고最古의 화장터이다. 힌두교도는 이곳에서 화장되는 것을 평생의 소원으로 꿈꾼다. 내가 바라나시에 간 것은 2년 전 겨울, 네팔과 북인도에 걸쳐 있는 불교의 성지들을 돌아본 뒤였다. 소설과 영화, 다큐멘터리를 통해 무수히 바라보며 익힌 장면들 앞에 섰을 때 나를 압도한 것은 말로 표현할 수 없는 처연함과 아찔함이었다. 비루함과 숭고함, 고통과 황홀, 삶과 죽음의 경계가 어느 때에는 완벽하게 하나가 되고, 어느 때에는 분명하게 둘로 도드라져 보이는 세계. 〈화장터의 아이들〉, 〈바라나시〉가 후자의 경우라면, 이장욱의 「절반의 하루오」, 그리고 이번에 만난 〈마사안〉은 전자의 경우이다.

영화 〈마사안〉은 바라나시에서 나고 자란 두 젊은 남녀의 비극적인 첫사랑 이야기이다. 이들의 사랑이 이루어질 수 없었던 이유는 현재에도 엄존하는 계급(신분)의 굴레에 있다. 각자의 사랑을 잃고, 강 건너편으로 향하는 조각배에 몸을 싣고 떠나는 것으로 영화는 끝이 나는

데, 그동안 허구의 상상과 실재의 현장을 추억하며 집중한 탓인지 영화가 끝난 뒤에도 오랫동안 자리에서 일어나지 못했다. 영화관에서 나오니, 파란 창공 아래 바다 물결은 출렁이고 햇살은 눈부셨다.

영매로서의 소설가를 생각하는 새벽

새벽에 낭보를 들었다. 소설가 한강의 『채식주의자』 영어본이 영국의 맨부커상 인터내셔널 부문 수상작으로 결정되있다는 소식이었다. 한강의 수상 소식은, 가치에 비해 늦기는 했지만, 한국 소설의 존재감과 번역 작업에 대한 인식의 전환점을 안겨준다는 점에서 시사하는 바가 크다.

수상작 『채식주의자』는 세 편의 중편소설로 구성된 연작소설집이다. 한국문학계에서 소설가 1년에 문예지에 발표하는 단편소설의 최대치는 네 편 정도, 대개는 두 편 내외, 중편은 한 편 정도이다. 소설가가 쉬지 않고

성실하게 작품을 쓰고 발표해서 한 권의 소설집을 출간하기까지는 3년 내외의 시간과 공력이 필요하다. 2004년 중편 「채식주의자」를 시작으로 「몽고반점」, 「나무 불꽃」이 문예지에 발표되었고, 2007년 한 권으로 묶어 출간되었다.

소설은 자본주의에 적합한 속성을 지닌 문학 장르이다. 사상과 예술을 담는 고유한 서사 양식으로서의 가치와 함께 상품으로서의 영향력이 크게 작동하기 때문이다. 상품으로서의 소설, 그러니까 세계 소설 시장에서의 소설이란 대개 장편소설을 지칭한다. 한국 작가들은 그동안 장편보다는 단편소설에 치중해왔다. 신인 시절 단편창작을 통해 문장력을 연마한 뒤, 중편과 장편으로의 확장을 도모하는 형국이었다. 그런데 2000년대 이후, 한류의 흐름 속에 세계 소설 시장을 겨냥해 장편소설이 독려되는 상황이 펼쳐지고 있다.

소설가마다 세상을 표현하는 서사 감각과 호흡의 길이가 다르다. 소설가의 개인차뿐만이 아니라 언어와 국가적 특성 차를 고려해야 한다. 단편 미학에 적합한 소설가와 중편 양식에서 기량이 발휘되는 소설가가 따로 있다. 장편에서도 서사의 호흡과 규모에 따라 경장편과 장편, 대하장편으로 달라진다. 단편 작가로 오정희와 앨리스 먼로, 레이먼드 카버를 들 수 있고, 장편 작가로 천명관과 오르한 파묵, 대하장편 작가로 박경리와 레프 톨스토이 등을 들 수 있다. 중단편과 장편을 고루 운용하는 작가로 황석영과 성석제 등이 있다.

21세기 인터넷 매체 환경이 보편화되면서 한 인간의 삶을 묵직하게 그려낸 중편 장르는 소멸되는 듯하다가 경장편이라는 새로운 양식으로 이행하고 있다. 한강의 연작소설집 『채식주의자』를 비롯하여 『소년이 온다』, 『바람이 분다, 가라』 등은 중편과 경장편 양식을 겸하고 있다. 철학적인 사유 속에 시적인 문장들이 돋보이는 카뮈의 『이방인』, 헤밍웨이의 『노인과 바다』, 토마스 만의 『베네치아에서의 죽음』, 허먼 멜빌의 『필경사 바틀비』 등이 같은 계열들이다.

한강은 시인으로 데뷔해 소설에 집중해왔다. 시적인 감수성과 서정이 잡식의 힘센 소설 장르와 경합을 벌이면서 독특한 긴장과 여운을 창출했다. 소설가의 삶이란 한 편의 소설을 완성하기 위한 지난한 작업의 연속이다. 한 편의 소설이 세상에 떨치는 가치는 현재와 미래, 무한대로 열려 있다. 한강의 맨부커상 수상을 출발점으로 그동안 축적해온 다양한 개성의 한국 소설들이 세계 독자와 유쾌하게 만나리라 기대한다.

검은 숲길을 지나 한참을

튀빙겐의 Y에게,

그리고 많은 시간이 흘렀다.

Y, 지금 너는 어디에 있는 거니? 여전히, 헤세의 책방과 검은 숲의 도시 튀빙겐에 살고 있니? 그때 네가 나에게 소개해준 한국인 철학자 G선생처럼, 20년째 그곳, 검은 숲길에 사로잡혀 사색을 계속하고 있는 거니?

Y, 우리는 어떻게 친구가 되었을까? 너라는 친구는 어느 날 하늘에서 뚝 떨어지듯 내 앞에 나타났다. 서울에서 파리, 파리에서 네가 있는 튀빙겐이라는 독일 남

쪽의 작은 도시로 찾아가는 동안 줄곧 생각했지.

　　　　우리가 처음 만난 것은 중학생 때였다. 우리
는 서로의 존재를 알았으나, 말을 나눈 적은 없었지. 너는
삼 형제 중 막내였고, 나는 오 남매 중 막내였다. 네 바로
위 형과 내 바로 위 오라버니가 같은 중학교 동창생이었고,
너와 나 역시 그들과 다르지 않았다. 우리의 존재는 바로
내 오라버니와 네 형을 통해 풍문처럼 서로에게 닿았을 것
이다. 그러했기에 우리는 서로 어깨너머로 알 뿐, 어떤 눈
빛, 어떤 목소리, 어떤 생각을 품고 사는지에 대해서는 알
지 못했다. 그러던 우리가 서로 인사를 건네고, 친구가 된
것은, 그로부터 십 년 가까이 흘러 내가 대학을 졸업한 뒤
였지. 아마 버스 안에서였을 거야. 나는 대학 졸업과 동시
에 광화문에 있는 문예지 M사의 기자로 일하고 있었고, 너
는 군대에 다녀온 복학생이었어. 집과 회사의 거리가 너무
먼 탓에 이른 아침 버스를 타야 했고, 밤늦게 귀가했지.

　　　　Y, 너는 내성적이고 수줍음 많은 소년이었
고, 청년이었다. 그런데, 어떤 용기가 생긴 것일까. 세월의
힘이었을까. 너는 내게 와 말을 붙였지. 버스 안에서도 늘
책을 읽거나, 구상에 빠져 있던 나는 내 옆에 서 있는 너에

게 놀랐다. 처음 너를 정면에서 제대로 보았고, 네 음성을 들었고, 네 말투를 느꼈지. 중학생 때 나보다 작았던 너는 내 머리 위로 키가 훌쩍 자라 있었다. 나는 너를 바라보지 않고, 나란히 같은 방향을 바라보며 말하곤 했다. 그렇게 나란히 서 있는 것은 기분 좋은 것이었다. 상대방의 말, 그러니까 음성과 말투에 집중하게 되니까. 네 음성은 뭐랄까, 버드나무 가지가 바람에 은은하게 흔들리며 내는 소리라고 해야 할까, 느리고 유연했지. 너는 철학도라고 했어.

Y. 너는 도대체 누구니? 신기하게도, 내 인생의 사진첩을 열어보면, 결정적인 순간마다 네가 있다. 그런데 너는 하늘에서 뚝 떨어지듯 어느 날 '친구라는 이류으로' 내 앞에 나타났다가는 이내 내 시야에서 사라지곤 했다. 그리고 다시 나타나기를 반복했는데, 사진첩이 증명하듯이, 그때마다 나는 행복이든 슬픔이든 생의 중요한 순간을 맞고 있었다. 신춘문예로 소설가가 된 순간이라든지, 첫 소설집을 낸 순간이라든지, 사랑하는 사람과 결혼하는 순간이라든지, 그리고 그 사람이 어이없게도 몇 년 만에 저세상으로 떠나버린 뒤라든지……

Y. 네가 있는 튀빙겐은 헤세뿐만이 아니라

헤겔의 도시였고, 인구의 반 이상이 학생으로 이루어진 대학 도시였다. 너는 나를 위해 기숙사 방 한 칸을 빌려놓았고, 방은 하얀 페인트칠로 새 단장이 되어 있었다. 너는 페인트 냄새를 날려버리기 위해 하얀 빈방에 촛불을 켜놓고, 촛불이 꺼지지 않도록 매일 초를 갈아주며 나를 기다렸다고 했다. Y, 내가 고맙다고 말했던가. 그때 나는 서른셋, 네가 함께했던 내 인생의 결정적인 순간들 중 헤어날 수 없는 슬픔에 빠져 있었고, 숨을 쉬고 있어도 산 것이 아닌, 삶도 마음도 완전히 무너진 패잔병 처지였다. 마치 온몸이 눈물로 이루어진 것처럼 누가 툭 건드리기만 해도 눈물이 쏟아지던 시절이었다. 그럴 때에는 넋도 기력도 다 빠져서 고마움을 고맙다고, 미안함을 미안하다고 말할 수조차 없다는 것을 세월이 흐른 뒤에야 알게 되었지.

　　Y, 네가 친구인 나를 기다리며 매일매일 정갈하게 촛불을 켜놓은 하얀 방의 문을 열던 순간을 나는 아직도 잊지 않고 있다. 너는 나를 오솔길을 걸어 숲으로, 고개를 들고 걷고 또 걸어도 하늘이 손바닥만 하게 겨우 보일 뿐인 울창한 숲으로 나를 데리고 갔다. 숲속은 거대했고, 신성했고, 컴컴했다. 너는 나를 먼저 숲길로 들여보내고

내 뒤를 따라 걸었다. 우리는 서로의 발소리를 들으며 한동안 말없이 걸었지. 가도 가도 끝이 보이지 않았다. 온몸을 감싸는 차갑고 신성한 기운에 짓눌려 그만 중간에 돌아서고 싶은 충동도 들었다. 그때 너는 중학생 시절 이야기를 시작했다. 윗마을에 살던 너는 등·하교를 하려면 아랫마을에 살던 내 집 옆을 지나가야 했다는 것을, 늦은 밤까지 공부를 하다가 내 방에 불이 켜져 있는지 확인하기 위해 달려 내려왔다 갔다는 것을.

Y, 너는 지금 어디에 있니? 언제 또다시 하늘에서 뚝 떨어지듯 내 앞에 나타날 거니? 검은 숲가를 지나 한참을 살았구나. 눈앞에 있으나 없으나 너는 내게 평생 떡갈나무 같은 친구. 예전에 못한 고맙다는 말 대신, 너와 걷던 검은 숲길을 추억할 때면 떠오르는 하이데거의 들길 이야기로 작별 인사를 한다. 다음에 만나면, 여기 내가 살고 있는 바닷가 달맞이 언덕의 숲가, 한 그루 떡갈나무 아래 평상으로 초대할게.

들길은 호프라그텐 성문을 빠져나와 엔리트 쪽으로 치닫고 있다. 들판에 서 있는 십자가에서

153

보면 숲 쪽으로 굽어 가고 있다. 숲가에는 떡갈나무 한 그루가 하늘로 치솟아 있다. 여기를 지날 때는 길도 인사를 보낸다. 떡갈나무 아래에는 미처 손질도 가지 않은 평상이 하나 놓여 있다."

—박찬국, 「들길의 사상가」, 그린비, 2013

고독의 아홉 번째 물결 너머

몇 년 전 봄, 파리 오페라극장 인근의 작은 소극장 르 마튀랭에서는 이색적인 연극 한 편이 무대에 올려졌다. 러시아 모스크바에서 사생아로 태어난 로만 카체프Roman Kacew라는 유대계 소년이 미혼모인 어머니(니나 카체프)와 함께 남프랑스 니스에 정착해 어려움 속에 꿈을 키워나간 내용이었다. 소년의 어머니는 모스크바의 무명 여배우 출신, 전쟁 중 니스로 옮겨와 소년을 헌신적으로 뒷바라지했다. 작가의 꿈을 가진 소년은 어머니의 열망에 따라 파리 법대에 진학했고, 소설을 써서 로맹 가리Romain Gary라는 이름으로 데뷔했다. 스물한 살의 법학도이자 작가가 된 로만 카체프는 프랑스로 귀화해 공군 장교로 참전, 공을 세웠고, 외교관으로 세계를 누볐다. 연극은 니스의 러시아 이민자 출신 소년 로만 카체프가 프랑스의 대표적인 작가이자 외교관 로맹 가리로 거듭나는 성장 과정을 통해 어머니를 추억하는 자전소설『새벽의 약속』을 각색한 것이었다.

작가의 삶이 작품 이상의 신비와 역동성을 보여주는 경우가 있다. 프란츠 카프카와 알베르 카뮈, 그리고 로맹 가리 등이 대표적이다. 작가의 작품은 작가가 선천적으로 물려받은 유·전적 환경과 후천적으로 처한 역사·사회·지리적 환경의 산물이다. 전자는 작가의 기질과 감각에 관계되고, 후자는 작가의 시대적인 정신과 세계관에 관계된다. 세상에 던져진 한 편의 작품은 작가의 삶과 문학사의 유기적인 작용 속에 탄생한다. 작품이 놓이는 자리, 곧 작품을 둘러싼 시대와 공간적 정황을 파악하는 것이 만남의 진정한 척도가 되는 이유가 여기에 있다. 작가가 어떤 의도로 작품을 썼는지 독자가 곧이곧대로 해석할 필요는 없다. 작가의 의도대로 작품이 읽힐 수도 있고, 독자의 체험과 상상력에 따라 작가의 의도를 벗어나 확장될 수도 있다. 그러나 프란츠 카프카나 알베르 카뮈, 로맹 가리 같은 몇몇 이민자 출신의 작품은 이러한 정황 파악 여부에 따라 공명이 크게 달라질 수 있다. 그런 의미에서, 로맹 가리의 작품과 진정으로 만나기 위해서는 니스와 페루에 대한 기본적인 이해가 선행되어야 한다.

　　　　러시아 소년 로만 카체프를 품은 니스는 지중해의 아름다운 휴양 도시로 잘 알려져 있다. 그러나 이면에는 역사적으로 영국과 이탈리아, 러시아의 지배를 받았던 흔적이 내재해 있는 곳이고, 지리적으로 아프리카와 아랍에서 흘러들어오는 다양한 인종의 물결이 뒤섞이는 곳이다. 로맹 가리가 청소년기에 맞닥뜨렸던 니스의 드라마틱한 역사성과 이농성은 작가의 삶으로 그대로 이어지고, 소설의 고유한 아우라를 형성한다. 또한 세계 대전에 참전한 영웅이자 외교관의 신분으로 경험했던 몇몇 나라의 특수한 현실이 소설 속에 스며들어 있다. 특히 「새들은 페루에 가서 죽다」의 경우, 안데스산맥 발치의 남태평양 연안의 해변과 혁명의 격류를 경험한 은둔자의 체류지로서의 페루라는 현실이 투영되어 있다. 작가는 다채로운 이력의 결과로 '새'와 '페루'라는 신비로운 무드mood, 情調를 창출하며 독자가 한 번도 경험하지 않았던 새로운 공간을 창조한다.

　　　소설의 공간은 전적으로 인물의 공간이다. 소설의 궁극적인 지향점은 그 공간에 어떤 인간이 어떤 표정으로 살아가고 있는지가 관건이다. 「새들은 페루에 가서 죽다」의 중심인물은 해안가 카페 주인 레니에. 카페는 리마 북쪽 10킬로미터 거리에 펼쳐진 모래밭의 해벽海壁에 있다. 레니에는 스페인에서, 쿠바에서, 혁명의 현장에서 생을 보내고 은퇴한 혁명가. 그의 수중에는 늘 권총이 놓여 있다. 혁명의 열기와 변질되기 마련인 인간의 열정과 환멸을 모두 체험하고 체념한 그의 앞에 새들이 날아와 떼 지어 죽는다.

　　　새들이 날이면 날마다 날아와 모래밭에 떨어져 죽는 연유를 아무도 알지 못한다. 그가 바라보는 바닷가에는 새똥 화석(조분석)과 마지막 죽을 곳을 찾아와 영혼을 부려놓는 성소聖所처럼 날개를 퍼덕거리다 생을 마감하는 새들로 자욱하다. 레니에는 그저 묵묵히 해가 지고 밤이 오는 것처럼 새들의 추락과 죽음을 바라볼 뿐이다. 매일 되풀이되는 이 풍경을 뒤흔드는 사건이 일어난다. 새들의 물결 속에 젊은 여자가 나타나 자살을 시도한 것이다. 여자는 리마의 카니발에서 강도들에게 납치되어 몹쓸 짓을 당한 뒤 사나운 물결 속에 몸을 던지려 한 것. 우연히 모래 언덕 위 카페 테라스에서 그녀를 발견하고 구한 그에게 그녀는 날이면 날마다 날아와 모래밭에 떨어져 죽는 새들 중 가장 아름다운 한 마리 새이다. 이름도, 나이도, 태어난 곳도 모르지만 은퇴한 혁명가는 자기의 보호막에 날아든 새처럼 가냘프게 파닥이는 그녀를 보살피면서 한순간 '세상의 끝에 자신과 머물게 함으로써, 종착점에 이른 자신의 삶을 성공적인 것으로 만들고 싶다'는 희망의 유혹에 순간적으로 몸을 떤다. 희망은 곧 사나운 파도에 휩쓸려가고, 그녀는 뒤따라온 늙은 영국인 남편과 그 일행에 이끌려 해안 절벽 너머로 떠나버리고 만다. 그는 어제처럼, 또 오늘처럼 밀려오고 밀려가는 물결을 바라볼 뿐이다. 이름하여, 고독의 아홉 번째 물결.

　　어느 해 여름, 태평양을 건너, 로맹 가리처럼, 북미와 중남미를 거쳐 페루의 소설 속 무대를 찾아갔다. 작품 내용만큼이나 유혹적인 제목의 현장을 두 발로 밟고 두 눈으로 확인하고 싶었다. 소설의 공간인 남태평양 연안 리마 북쪽 10킬로미터 지점은 연간 강수량이 50밀리미터가 안 되는 건조한 해안. 금세라도 허물어질 것 같은 나지막한 모래 절벽에 카페가 박혀 있듯 설치되어 있었다.

페루는 현재 총기 소지가 자유로운 국가이고, 세상의 막장 인생들이 최후의 도피처로 모여드는 곳이라는 것을 현지에 가서 알게 되었다. 이러한 사실들을 배경으로 소설의 행간을 따라갈 때, 로맹 가리가 창조한 새로운 세계의 울림에 동참할 수 있다. 혁명도 여자도 알아야 할 것은 다 알아버린 나이의 처연함, 날이면 날마다 밀려오고 밀려가는 물결에 고독이라는 이름을 명명할 수 있는 담담함의 세계. 이때 페루는 중남미 여러 국가 중의 하나가 아닌, 로맹 가리가 창조해낸 고독의 아홉 번째 물결이 밀려오는 허구의 공간으로 재탄생한다. 곧 페루는 하나의 이름에 두 개의 공간이 공존하는 곳이고, 소설은 고독 앞에 선 인간, 그 너머를 가리키고 있다는 것을 깨닫게 된다.

로맹 가리는 로만 카체프라는 러시아계 니스 이주민 출신이 세상에 알린 최초의 이름이다. 이후 로만 카체프는 로맹 가리라는 이름으로 프랑스 최고 권위의 소설문학상인 공쿠르상(『하늘의 뿌리』)을 받았다. 로맹 가리의 이름에 따라 작품에 대한 평단과 독자의 평가가 고착

되는 현실을 직시한 로만 카체프는 포스코 시니발디, 샤탕 보가트 등 익명의 필명들을 사용하여 작품을 발표한다. 그중 대표적인 가명은 로맹 가리에 버금가는 위력을 가진 에밀 아자르Emil Azar이다. 그는 세상 사람들을 두 번 깜짝 놀라게 하는데, 1980년 66세에 권총 자살로 생을 마감한 로맹 가리의 다른 이름이 에밀 아자르라는 것이고, 에밀 아자르의 『자기 앞의 생』이 평생 한 작가에게 한 번만 수여하는 공쿠르상을 수상한 것이었다. 로맹 가리, 아니 에밀 아자르, 아니 로만 카체프의 유랑적이며 극적인 혼魂을 형성한 니스의 공간성이 다시 한번 확인되는 순간이고, 그것은 페루의 새들에까지 이어진다. 「새들은 페루에 가서 죽다」는 로맹 가리의 몇 안 되는 단편소설 중 대표작으로, 단편의 길이와 호흡에도 장편의 깊이와 울림을 선사한다.

내 마른   손으로

너의   작은 손을 잡고

그해 3월,
아무 일도 일어나지 않았다

　　　　　버지니아 울프의 장편소설 『댈러웨이 부인』
은 클러리사 댈러웨이라는 런던 상류층 중년 여성이 화자
인데, 울프는 클러리사의 30년 전과 후(현재)의 회고담 속
에 전쟁 후유증으로 환각증을 앓고 있는 셉티머스의 이야
기를 끌고 간다. 그 결과, 소설의 중심 화자는 클러리사이
지만 중간중간 노출되는 셉티머스의 장면들로 인해 독자는
두 사람의 생애, 두 겹의 서사를 경험하게 된다. 클러리사
는 고단한 하루를 보낸 지인들의 피로를 풀어주기 위해 파
티를 여는 것을 본분으로 생각하고 사는 여자이고, 셉티머
스는 매 순간 죽음의 헛것(유혹)에 시달리는 청년이다. 그

렇게 흘러오고 흘러가는 어느 하루, 클러리사는 파티에 집중하고, 셉티머스는 죽음을 단행한다. 울프는 이 둘을 런던이라는 한 공간 속에 대비시킴으로써 이 세상에 만연한 정상과 비정상, 삶과 죽음의 문제를 제기한다. 이들을 위해 울프는 시간과 공간의 독특한 결합 방식을 선보이는데, 시간 몽타주와 공간 몽타주가 그것이다.

몽타주란 '조립하다' 또는 '편집하다'라는 뜻의 프랑스어 'monter'에서 파생된 용어이다. 조립과 편집의 몽타주 기술은 20세기 초 아방가르드 영화와 모더니즘 소설들에서 나타나기 시작해, 다양한 분야의 실험을 거쳐 예술사의 중요한 미학으로 자리 잡았다. 버지니아 울프의 『댈러웨이 부인』에서 시간 몽타주는 대상이 공간 속에서 고정된 상태에 머물러 있고, 의식이 시간 속을 움직이는 것을 말한다. 이와 반대로 공간 몽타주는 시간이 고정되고, 공간 요소가 변하는 것을 의미한다. 주인공 클러리사가 저녁의 파티를 준비하기 위해 꽃을 사러 집을 나서서 런던의 거리와 공원을 가로질러가는 동안 보고, 만나고, 이야기 나누고, 꽃을 사고, 집으로 돌아오기까지의 의식의 흐름 속에 30년 전의 추억과 현재 상황이 교차하며 움직이는 것이 시간 몽타주이다. 반면, 런던 북쪽 리젠트 공원에서 셉티머스가 공포스러운 환각증으로 헛것을 보며 시달리고 있을 때, 하늘에 제트기가 광고 문구를 뿌리며 날아가는 장면을 그곳과는 다른 장소인 런던 남쪽 빅 벤 근처의 집 현관에서 클러리사가 바라보는 것이 공간 몽타주이다.

우리의 삶은 시간과 공간의 교직으로 진행된다. 2016년 3월은 유난히 시간의 속도와 공간의 층위가 긴밀하게 부각된 시기였다. '이세돌과 알파고 대국 칠일', 천 단위의 AI(컴퓨터)들이 그만큼의 화살촉이 되어 오직 하나의 점을 향해 일사천리로 작동되는 냉정한 순간을 목격하였고, 수천 개의 판단이 응집된 그 한 점과 맞서는 한 인간의 고심과 결단의 과정을 지켜보았다.

이세돌과 알파고 대국 7일간, 내가 버지니아 울프의 『댈러웨이 부인』을 서가에서 다시 꺼내본 것은 바둑돌 하나의 선택 속에 두 겹, 아니 그 이상의 몽타주들이 쏜살같이 뇌리를 스치고 지나갔기 때문이었다. 마지막 1초까지 집중하며 열광했던 적이 언제였던가. 마치 아무 일도 없었던 것처럼 봄날은 왔고, 또 간다.

매일 눈을 뜨고, 감는 순간 자문한다. 왜 쓰는가.
덧붙여, 누가 쓰는가. 소설가들이란 '나는 누구이고, 왜
사는가'라는 질문에 심하게 흔들린 사람들이다.

프루스트의 푸른 노트, 카르나발레박물관, 파리

창작자와 수집가

다큐 영화 〈비비언 마이어를 찾아서〉는 창작과 발표, 소통 행위에 대한 새로운 방식을 제기한다. 비비언 마이어는 누구인가. 아무도 모른다. 아니, 아무도 몰랐다. 그녀의 직업은 보모였다. 그녀는 사진을 찍었다. 보모일과 사진 찍기, 도무지 어울리지 않는 조합의 주인공 비비언 마이어는 2007년, 존 말루프라는 시카고 청년에 의해 세상에 알려지기 시작했다.

역사책 작가인 존 말루프는 집필에 사용할 사진을 찾던 중 동네 경매장터에서 범상치 않은 박스를 주목했다. 380달러에 구입해 뚜껑을 열어보니 비비언 마이어라는 여자가 남긴 유품들이 쏟아져나왔다. 롤라이플렉스 카메라를 비롯한 다양한 카메라들과 10만 장의 네거티브 필름들, 집에서 자체 제작한 다큐멘터리 영상들이었다. 필름에는 1950, 60년대 뉴욕과 시카고의 거리와 행인, 집과 아이들 모습이 담겨 있었다. 존 말루프는 감정鑑定 행위로 SNS에 몇 장의 사진을 올렸고, 전문가와 아마추어 모두에게 폭발적인 반응을 얻었다. 그는 비비언 마이어의 유품을 토대로 탐정처럼 행적을 추적해나갔다. 그 과정이 한 편의 다큐 영화가 되었다.

비비언 마이어라는 존재는 존 말루프가 발굴한 일화에서 출발, 하나의 현상, 하나의 신화가 되어가고 있다. 창작자의 작품을 세상에 알린 첫 번째 통로가 SNS였다는 것, 단순히 청년 감독의 다큐 데뷔작에 그치지 않고 20세기 사진예술사에 비비언 마이어라는 희귀한 개성을 등재시켰다는 것이 세인의 관심을 끈다. 존 말루프라는 창조적인 수집가에 의해 평생 보모로 이 집 저 집 전전하며 살다가 죽어간 불쌍한 여자의 일생이 20세기 미국적인 삶의 풍경을 기록한 창조자의 여정으로 전환되고 있다. 여기에 더하여 나를 사로잡고 있는 결정적인 것은, 창작 행위 자체

에만 주력했을 뿐, 그 어떠한 발표나 소통 행위도 시도하지 않은 비비언 마이어의 독특한 태도와 욕망이다. 그녀는 그동안 내가 한 번도 만나본 적 없는 새로운 유형의 창작자이다.

창작자, 곧 작가란 무無(일상)에서 유有(예술작품)를 창조하는 사람에 그치지 않고 그것을 가지고 세상과 소통을 꿈꾸는 자이다. 소통을 통해 인정받고자 하는 욕망이 누구보다 강한 존재이다. 창작자가 지향하는 세계는 다락방의 은밀한 서랍이나 박스가 아니라 누구나 감상할 수 있는 공적인 무대이다. 그런 의미에서, 평생 대상을 사진으로 찍기만 했을 뿐 철저히 자기만의 골방에 껴안고 있었던 비비언 마이어와, 그녀의 미공개 유작들을 골방에서 꺼내어 세상에 알린 존 말루프의 만남은 미지의 창작자와 수집가가 시간을 뛰어넘어 공동으로 이루어낸 멋진 신세계라고 할 수 있다.

나혜석과 자화상

　　　　　여기저기 나혜석을 찾는 소리가 한창이다. 『나혜석, 한국 문화사를 거닐다』는 나혜석을 매개로 15년 동안 다양한 분야에서 접근한 글들로 구성되어 있다. 수록된 22편의 글들의 면면을 보고 있노라면, 새삼 나혜석이란 누구, 아니 무엇인가 하는 질문이 솟구친다. 내가 나혜석이라는 존재를 처음으로 의식하기 시작한 것은 2000년대 초, 서양 최초의 여성 화가 아르테미시아 젠틸레스키를 한국에 번역, 소개하면서이다. 아르테미시아 젠틸레스키는 16세기 말 이탈리아 로마 태생으로 당시 카라바조 화파의 일원인 오라치오 젠틸레스키의 딸이다. 딸은 아버지로부터 감식안과 솜씨를 익혔고, '젠틸레스키'라는 이름을 놓고 대결하는 경쟁자로 성장했다. 예술을 건 불멸의 싸움에서 성패는 서명書名에 있다. 캔버스에 이름을 남기는 것. 파리의 루브르 박물관이나 피렌체의 우피치미술관에 걸리는 것. 그리하여 후세에 영원히 전해지는 것. 아르테미시아 젠틸레스키가 '최초의 여성 화가'로 등록된 것은 이전 시대 여성들이 아버지와 남편의 그늘에 가려 존재감이 사라진 반면, 자기가 그린 작품에 자신의 이름을 서명으로 남겼다는 것을 뜻한다. 그녀가 화폭에 서명을 남긴 것은 목숨을 걸고 얻어낸 고귀한 결과이다.

아르테미시아 젠틸레스키가 서양 최초의 여성 화가라면, 나혜석은 한국 최초의 여성 서양화가이다. 수원 출신의 그녀는 1910년대 도쿄로 미술 유학을 떠났고, 서울에서 최초로 서양화 전시회를 열었다. 1920년대에는 세계 예술의 수도로 통했던 파리에 체류하며 〈스페인 국경〉, 〈파리 풍경〉 등 다수와 귀국 후 〈무희〉, 〈자화상〉 등의 문제작을 제작했다. 나혜석과 아르테미시아 젠틸레스키의 공통점은 예술사에 자신의 이름을 처음 등재시킨 여성들이라는 점과 순탄치 못한 삶을 살았다는 것이다. 나혜석은 거기에서 한발 더 나아가 소설과 시, 칼럼, 평론 등 글쓰기를 동시에 수행했다. 한마디로 그녀는 21세기 인간 유형인 멀티플레이어였다. 같은 여성 작가로서, 그녀가 세 아이를 낳은 어머니였고, 당시 이미 아이의 이름에 부계와 모계의 성씨를 명기한 남녀 평등주의자였다는 점이 놀라울 뿐이다. 그런 의미에서, 21세기에 나혜석의 선구적인 의식과 영역이 역동적으로 부활하고 있는 것은 자연스러운 일이다. 작가란 시대의 부침과 세월의 풍화 작용을 거슬러 예리하고 단단한 빛을 내는 존재이기 때문이다.

나혜석의 태생지 수원의 행궁 옆에 최근 수원시립미술관SIMA이 문을 열었다. 그동안 지면으로만 보아왔던 〈자화상〉 원작이 개관 기념작으로 80여 년 만에 처음으로 세상에 공개되었다. 글로 쓰든 그림으로 그리든, '자화상'이란 자신의 얼굴(표정)을 타인의 눈으로 예리하게 관찰하여 기록하는 형식이다. 나는 누구이고, 어떤 삶을 살아왔는가를 되돌아보기 위해, 그리하여 내일의 나를 조금은 새롭게 열어가기 위해 '자화상'과의 만남이 절실한 시점이다. 나혜석의 〈자화상〉을 만나러 수원행 열차를 타야겠다.

어디에 있든, 우리는 할 말이 많았다. 무엇보다,
어머니에 대해. 글쓰기에 대해. 작가이기 이전에
딸이라는 정체성, 딸로 살아간다는 것에 대해, 그리고
작가 본연의 임무, 인간에 대한 이해와 사랑에 대해.

봄비, 달맞이 언덕, 해운대

작가의 유년에 대하여

        프랑스 고성古城 지대로 유명한 루아르 지방에 갔다가 근처 라 샤펠―앙트네즈라는 작은 마을에 이르렀다. 루아르강을 따라 형성된 마을들은 이 고장 출신 대문호 발자크의 삶과 소설의 무대여서 파리에서 하루 또는 이틀 짧은 여행으로 다녀오곤 했다. 구두쇠 그랑데 영감의 외동딸 외제니의 일생을 그린 『외제니 그랑데』의 무대 소뮈르와 『골짜기의 백합』과 『루이 랑베르』의 집필지인 사셰를 돌아보다가 북쪽에 있는 라 샤펠―앙트네즈라는 지명이 눈에 띄었다.

        여행의 묘미란 돌발적인 우연, 또는 우회의

여정에 있었다. 라 샤펠―앙트네즈는 인구 900명 남짓한 작은 마을이다. 그런데 3월이 되면 이 동네에 국제적인 축제가 열리는데, 부조리극 극작가 이오네스코를 기리는 연극제이다. 이오네스코는 「대머리 여가수」, 「코뿔소」, 「수업」 등을 쓴 루마니아 출신 극작가이다. 루마니아인 아버지와 프랑스인 어머니를 두고 루마니아의 슬라티나에서 태어난 그는 유학생 아버지를 따라 파리에 왔다가, 아홉 살 무렵 이곳 농가에 맡겨져 2년 동안 살았다. 당시 프랑스는 전쟁 중이었고, 그의 부모는 이혼 상태였으며, 그는 위탁아 신세였다. 한마디로 생애 최악의 상황이었다.

그러나 베케트의 「고도를 기다리며」와 함께 부조리극의 대표작인 「대머리 여가수」를 써서 세계적인 명성을 얻은 뒤 발표한 글들에는 이곳에서 보낸 유년이야말로 생애에서 가장 환하고 평화로운 시절로 묘사하곤 했다. 그리고 그의 작품들에 나타나는 빛으로 충만한 이상향은 이곳을 배경으로 삼았다.

발자크에서 이오네스코의 공간으로 옮겨간 것은 작가에게 창조의 원천으로 작용하는 유년기 삶의 현장을 확인해보고 싶은 호기심이 발동했기 때문이었다. 부조리극은 오랫동안 나를 강렬하게 사로잡았고, 한국에서의 상연(산울림소극장)은 물론, 파리(위셰트소극장)와 더블린 (트리니티대학 베케트센터) 현장에서 여러 차례 관람해온 터였다.

완만한 구릉 사이로 난 간선도로를 따라 라 샤펠—앙트네즈로 진입하자 빗방울이 떨어졌고, 젖소들이 한가로이 모여 풀을 뜯고 있었다. 마을을 한 바퀴 돌아 이오네스코가 살았던 물방앗간을 문의하기 위해 면사무소로 갔다. 약속 없이 찾아온 이방인을 면장님은 반갑게 맞아 회의실로 안내했다. 그리고 이오네스코 관련 자료들을 모두 가져와 열정적으로 설명해주었다. 벽에는 이오네스코의 캐리커처와 마을 사람들이 그에게 수여한 명예 주민증이 액자로 걸려 있었다.

세월이 한참 흐른 후에 이곳에 다시 찾아왔을 때, 모두가 나를 알아보았다. 놀라운 일이었다. 나는 멀리 떨어져 살았기 때문에 그들과의 모든 인연이 끊어졌다고 생각했었다. 그러나 천만에, 그들은 나를 자기들의 일원으로 생각했으며 온전히 기억하고 있었다. 이상한 인연이었다. 그래서 나는 이곳 출신, 잃어버린 옛 마을 출신이 되어버렸다.

－외젠 이오네스코, 「1939년 봄－추억의 파편들, 일기의 페이지들」, 「대령의 사진」, 박형섭 옮김, 지만지, 2012

작가의 유년기는 창작의 보고이다. 오스트리아의 화가 에곤 실레의 기이한 선과 형과 색은 체코와 오스트리아 국경 마을인 체스키크룸로프를 방문한 뒤에 그곳에서 비롯되었음을 확인했다. 체스키크룸로프는 화가의 어머니 고향으로 어릴 적에 어머니를 따라 자주 머물렀던 곳이다. 마을을 산책하다 보면, 집과 사람들이 실레 그림에서 튀어나온 것처럼 생생하다.

이오네스코와 실레뿐만 아니라 세계 예술사를 빛낸 작가들의 작품 중 유년의 낯설고도 친숙한 체험에 근거한 예들은 무수히 많다. 카뮈의 아름다운 문장은 극빈한 가정이었으나 빛과 향과 색으로 분출했던 북아프리카 지중해 연안의 자연에서 보냈던 유년기 추억에서 빚어졌고, 시간과 사랑의 환상을 소설로 탐구한 걸작인 프루스트의 『잃어버린 시간을 찾아서』는 여섯 살 무렵까지 가족과 함께 휴가를 보냈던 일리에—콩브레의 체험이 결정적인 동기가 되었다.

이오네스코라는 혼혈 위탁아를 받아들였던 라 샤펠—앙트네즈는 이제 그의 고유명으로 세상에 알려져 있다. 프랑스 어느 마을이나 중심에는 성당이 있고, 그 앞에는 광장, 그리고 근처에는 학교가 있는데, 교명이 '에콜 이오네스코'(이오네스코 학교)이다. 이오네스코, 실레, 카뮈의 경우를 통해, 누군가 창작을 꿈꾼다면, 먼저 유년의 체험을 알뜰히 챙겨볼 일이다.

예술가의 어머니

난니 모레티 감독의 〈나의 어머니〉는 나에게 두 가지 질문을 안겨주었다. 창작자에게 어머니라는 존재는 무엇인가. 그리고 죽음에 직면한 인간의 현실이란 어떤 것인가. 이런 질문은 전혀 새로운 것이 아니다. 그렇다고 피할 수 있는 것도 아니다. 어머니와 죽음의 문제는 창작자에게 창작의 동력인 원체험原體驗의 영역이다. 창작자들은 원체험의 내용을 여러 시기에 걸쳐 여러 작품으로 풀어내거나 대표작의 질료로 삼으면서 세상과 소통을 꾀하고, 나아가 불멸을 꿈꾼다.

작가의 어머니가 작품 안팎에서 동고동락하

는 일화들을 기억한다. 이청준의 단편 「눈길」에는 눈 내린 날 이른 아침, 버스 정류장까지 배웅을 나가 아들을 떠나보내고 아들의 발자국을 되밟아 오면서 "내 자석아, 내 자석아" 소리쳐 부르는 어머니가 등장한다. 이 어머니는 이후 작가의 다른 소설들에서 만나게 되는데, 그때마다 독자는 작가와 그 어머니와 함께한 시절을 살아온 것을 깨닫는다. 마르셀 프루스트의 『잃어버린 시간을 찾아서』의 서두는 "잘 자라"는 엄마의 밤 키스를 기다리는 어린 소년 마르셀의 간절한 기원을 담고 있다. 프루스트가 이 긴긴 작품을 쓰기 시작한 것은 어머니가 돌아가신 것이 계기가 되었다. 알베르 카뮈의 『이방인』은 어머니의 부음을 첫 문장으로 삼고 있다. 작가는 어머니의 장례식 내내 눈물 한 방울 흘리지 않은 아들을 등장시키지만, 실제로는 한 살 때 아버지를 여의고 반벙어리 문맹자 홀어머니 슬하에서 극빈자로 자라면서, 평생 어머니를 향해 애틋한 연민과 사랑을 바쳤다.

난니 모레티의 영화 〈나의 어머니〉는 제목 그대로 감독이 자신의 어머니를 떠나보낸 이야기를 영화화한 것이다. 죽음을 앞둔 어머니와 딸, 아들의 구도에서 감독이 아들의 역할을 맡아 연기하면서 삶과 죽음의 흐름을 잡아나간다. 세상 어떤 창작품도 자전적인 경험을 바탕으로 하지 않는 경우는 없다. 그러나 '자전 영화' 또는 '자전소설'이라는 범주가 가능한데, 몇 가지 경우에서 그러하다. 외적인 요인으로 에디터의 요청이 있는 경우, 내적인 요인으로 생의 고비마다 작가 자신의 역사를 진솔하게 그리는 경우, 마지막으로 작가가 창작방법론으로 자전적인 내용과 형식에 초점을 두고 모든 작품을 창작하는 경우이다. 이때 자전적인 내용의 수위 조절은 작가의 의도와 기법에 따라 다르다. 작품을 읽고 작가가 처한 삶의 한 대목을 미루어 짐작할 만큼 정석적으로 현실을 그리는 경우와 여느 소설과 마찬가지로 능청스럽게 허구성을 장치하는 경우이다. 자전소설 작가로 프랑스의 아니 에르노가 있고, 자전 영화 감독으로 일본의 가와세 나오미가 있다. 아버지 어머니의 가족사로부터 출발해서 자신의 현실을 낱낱이 소설화한 아니 에르노는 직접 겪지 않은 것은 쓰지 않는다는 신념을 가지고 있을 정도이다. 반면 대부분의 창작자들은 평생 자전적인 성격이 강한 작품을 몇 편 쓰는데, 애도 또는 추모의 형식을 띤다. 이번 난니 모레티의 〈나의 어머니〉처럼.

스물한 살, 피아노, 그리고 조성진

　　파리에 가면, 센강변의 루브르박물관이나 오르세미술관에 가서 클로드 로랭이나 귀스타브 쿠르베의 그림 원본들 앞에 서는 것처럼, 몽파르나스 묘지나 페르 라세즈 묘지에 들러 샤를 보들레르나 프레데릭 쇼팽의 무덤 앞에 서곤 한다. 그리고 그들에게 이런저런 말을 걸곤 한다. 예를 들면 이런 것이다. "클로드, 당신에게 황금시대란 무엇인가요?" 또는 "쿠르베, 당신 고향 마을 오르낭에 다녀왔어요. 마을을 병풍처럼 에두르고 있는 석벽을 한참 건너다보았지요. 그런데 그 아래 당신의 〈돌 깨는 사람〉은 못 봤네요." 또는 "보들레르, 오늘도 나는 구름처럼 정처 없이 파리의 거리를 떠돌아다녔네요. 지나가는 여자들, 노인들, 누이들, 연인들을 바라보았지요. 그런데 샤를, 아직도 변함없이 구름을 사랑하나요?" 또는 "쇼팽, 당신이 스무 살에 떠나온 태생지 바르샤바의 가을이 궁금하네요. 당신이 한 움큼 쥐어온 그곳 흙냄새를 맡고, 당신의 시심 가득한 피아노 선율을 듣고 싶습니다. 아, 그런데 프레데릭, 이번에 스물한 살 한국 청년이 연주한 당신의 〈피아노협주곡〉을 들었겠지요?"

파리에 가면, 페르 라셰즈 쇼팽 무덤에 가서 할 일이 하나 더 생겼다. 그의 옆에 앉아 피아노협주곡을 듣는 것이다. 연주자는 파리국립음악원 출신의 한국인 청년 조성진, 2015년 쇼팽국제콩쿠르 1위 수상자이다. 고백하자면, 나는 그 이후, 단 하루도 빠짐없이 그가 연주한 피아노협주곡 E단조 11번을 듣고 있다. 바다 한가운데에 놓인 광안대교를 달릴 때나, 석양빛이 아름다운 낙동강변로를 달릴 때, 모두가 잠든 깊은 밤 원고와 마주하고 있을 때, 그의 피아노 선율은 내 곁에서 요동치고, 흐느끼고, 휘몰아치고, 흐르고, 흘러 사라진다. 특히 한 음 한 음 느리게, 아주 느리게(largetto) 시적인 여백 속에 맑고 투명하게 흐르는 2악장(〈romance〉)에 이르러서는 그대로 세상이 정지해 버려도 좋을 것 같은 무아지경에 이른다.

다양한 피아노 연주자들의 해석과 연주로 쇼팽의 피아노협주곡 E단조 11번을 들어왔다. 그런데 내가 이즈음 집착적으로 조성진의 피아노 연주를 애청한 데에는 특별한 이유가 있다. 하나는 한 인간이 순수하게 타고난 재능과 지속적인 연마(인내)로 이루어낼 수 있는 예술의 영역, 특히 스물한 살이 표현해내는 세계에 대해 알고 싶기 때문이다. 세상의 스무 살들이 표현해낼 수 있는 음과 선율, 색과 형상, 글과 문장을 사랑하기 때문이다. 예술 창작자에게 가장 요구되는 덕목이자 감동의 원천은 우여곡절 끝에 자신의 최대치를 끌어올리는 데 있다. 조성진 이전 세대 연주자들이 부모의 헌신적인 지원 아래 유학의 길에 올라 연주에만 전념했다면, 그는 자신의 피아노 연주 욕망을 최고로 끌어올려 줄 수 있는 곳을 직접 인터넷을 통해 찾고, 선택하고, 준비하고, 도전하여 현재의 자리에 가 있게 된 경우이다.

파리에 가면, 페르 라셰즈 묘지 쇼팽의 무덤 옆에서 조성진의 피아노협주곡을 들을 것이다. 그리고 같은 19구에 있는 그의 모교 파리국립음악원 앞을 천천히 지나갈 것이다. 세상에 수많은 음악 연주자가 있듯, 악기마다 지닌 고유한 음色을 사랑하고, 부분과 전체를 넘나들며 세밀하면서도 조화롭게 연주를 향유하는 음악 애호가들이 있다. 문학의 아름다움을 깨우치기 전부터 나는 음악 애호가의 마음과 귀로 살아왔다. 가을에서 겨울로 향하는 길목, 그 어느 때보다 행복한 음악 애호가가 되어 신년을 기다린다. 그의 귀국 피아노 연주회가 멀지 않았다.

몸에 밴 오랜 습관처럼 조약돌을 하나 주워 손에
쥐어보았다. 체온처럼 따뜻한 기운이 마음을 온화하게
어루만져 주었다.

에트르타, 노르망디, 프랑스

화가를 품은 바다,
바다를 사랑한 화가들

바다에 가지 않고도 바다를 느낄 수 있는 전시회와 영화가 한창이다. 노르망디 해안 풍경을 주제로 한 '인상파의 고향 노르망디전'과 영국이 자랑하는 해양 풍경화가 윌리엄 터너의 일대기를 그린 영화 〈미스터 터너〉가 그것이다. 굳이 순서를 정하자면 〈미스터 터너〉 영화를 보고 인상파 그림들을 감상하면 좋다. 클로드 모네로 대표되는 프랑스 인상파의 출발이 영불해협 건너 섬나라 영국의 윌리엄 터너로부터 비롯되었기 때문이다.

터너의 걸작들을 볼 수 있는 곳은 런던의 테이트모던과 내셔널갤러리, 그리고 파리 루브르박물관이다. 이외에도 미국 필라델피아미술관이나 뉴헤이번의 예일대학교 영국미술센터 등에서도 만날 수 있다. 예술에 관한 한 나라마다 국보급 화가의 작품들이 있게 마련인데, 영국은 윌리엄 터너, 프랑스는 클로드 로랭과 니콜라 푸생, 이탈리아 피렌체는 산드로 보티첼리, 로마는 미켈란젤로, 스페인 마드리드는 고야와 벨라스케스, 그리고 미국은 에드워드 호퍼와 마크 로스코 등이다. 이들이 어떻게 대접받고 있는가를 확인하려면 그 나라의 대표적인 박물관과 미술관에 가보면 사정은 금방 밝혀진다. 클로드 로랭의 그림들이 루브르박물관에서 가장 중요한 위치를 차지하고 있는 것처럼, 윌리엄 터너의 그림들은 런던의 테이트모던과 내셔널갤러리의 핵심을 이룬다. 특히 테이트모던은 터너의 그림 대부분을 소장하고 있어서 나처럼 터너 애호가는 때로 런던 여행의 주제를 '터너와 함께하는 미지의 바다 여행'으로 잡기도 한다.

　　　　프랑스 파리 루브르에 가면 터너의 대표작 중 하나인 〈빛, 증기, 속도: 그레이트 웨스턴 철도〉를 볼 수 있다. 나는 터너의 그림들 가운데 이 작품을 가장 좋아한다. 내셔널갤러리의 〈바다 괴물과 싸우는 데메테르〉와 테이트갤러리의 〈베네치아 장면〉, 그리고 바다 위의 일몰 장면들도 즐겨본다. 파리에 체류할 때면 종종 루브르박물관에 들르곤 하는데, 평소 화집으로 클로드 로랭과 렘브란트, 터너의 그림들을 보다가 원본을 보고 싶은 충동에 사로잡힐 때이다. 루브르에는 〈빛, 증기, 속도〉와 함께 〈멀리 강과 만이 있는 풍경〉 두 점이 소장되어 있어서 늘 화집으로 아쉬움을 대신하는데, 런던의 테이트에는 터너의 해양화들과 습작 시절의 스케치까지 망라해놓고 있다.

　　　터너가 섬나라 출신 화가이기에 바다 풍경에 익숙할 것으로 단정짓기 쉽다. 그러나 정작 그가 화폭에 흔들리는 물결과 빛의 장면을 표현하기 시작한 것은 이탈리아 여행, 특히 수상 도시 베네치아를 체험한 이후인데, 그의 베네치아 연작들에서 그것을 확인할 수 있다. 그는 주로 고대 그리스 로마 신화의 바다와 항구 장면이나 호메로스의 서사시 「오디세이아」의 에피소드들을 대상화해서 그렸다. 화폭에는 주인공(영웅)이 괴물이나 폭풍에 맞서 싸우는 신화와 성서의 극적인 장면이나 물 위에 비치는 석양의 부융한 인상이 표출되기도 했다.

　　　윌리엄 터너가 살던 영국의 화단은 도버해

협의 파고波高로 인해 대륙의 프랑스와 이탈리아보다 한참 뒤진 상태였다. 그런데 터너를 기점으로 이전과는 다른 양상이 펼쳐지는데, 프랑스-프로이센 전쟁을 피해 대륙의 화가들이 험하기로 소문난 해협을 건넜다가 터너의 해양화 기법을 발견한 것이다. 인상파의 어원이 된 모네의 〈해돋이 인상〉의 무대는 바로 영국으로, 크고 작은 배들이 오가는 노르망디의 르아브르 해변이다. 모네가 런던에서 터너의 해양화들에 깊은 인상을 받아 그린 작품이 〈해돋이 인상〉 이고, 이후 파리의 화가들은 모네의 뒤를 따라 화구를 들고 빛을 쫓아 생 라자르 역에서 기차를 타고 노르망디 해변으로 향하게 된다. 이러한 물결 속에 르아브르, 옹플뢰르, 에트르타 같은 항구와 바다를 배경으로 한 수많은 풍경화가 생산되었다.

영국의 터너로부터 인상파 화풍이 창조되었다면, 터너의 해양화풍은 흥미롭게도 프랑스 출신의 해양화가 클로드 로랭에게 영향을 받은 결과이다. 터너가 부윰한 빛과 수증기로 근대의 속도와 신화의 바다를 재현했다면, 로랭은 인류의 황금시대라 불리는 그리스 로마 시대의 목가적인 전원 풍경과 해양화를 통해 이상세계를 재현했

다. 로랭이 살았던 17세기, 프랑스의 화풍은 바티칸의 성도
聖都 로마와 르네상스의 도시 피렌체보다 후진 상태였다. 로
랭은 선진 예술 국가인 이탈리아로 빛과 색을 쫓아 그림 유
학을 떠난 셈인데, 그는 아고스티노 타시라는 베네치아 출
신 화가로부터 해양화 기법을 익혔고, 평생 고국으로 돌아
오지 않고 화업畵業을 펼쳤다. 그러니까 서구 인상파의 행로
는 아고스티노 타시(이탈리아)와 클로드 로랭(프랑스), 윌리
엄 터너(영국)의 해양화로부터 모네(프랑스)로 이어진 것이
다. 이탈리아의 베네치아, 프랑스의 옹플뢰르, 르아브르, 에
트르타, 영국 런던의 템스강과 파리 센강의 공통점은 화가
들이 즐겨 그린 곳들이라는 데 있다. 이들은 동서고금을 넘
어 세계 여행자들이 제일 먼저 찾아가고 싶은 꿈의 공간들
이기도 하다. 또한 이들은 화가들의 사랑을 받은 만큼이나
시인과 소설가들의 영혼을 사로잡은 공간들이기도 하다.
리버풀의 테이트-리버풀, 베네치아의 구겐하임미술관, 앙
티브의 피카소미술관, 르아브르의 앙드레말로미술관, 옹플
뢰르의 부댕미술관, 나오시마의 이우환미술관, 산타 모니
카와 말리부의 게티뮤지엄과 게티빌라, 제주도의 이중섭미
술관…… 이들의 공통점은 누군가(재력의 예술애호가이거

나 예술가)의 이름을 기려 명명되었다는 것과 바닷가에 있다는 데 있다. 세계적으로 아름답기로 유명한 남프랑스 지중해의 코트다쥐르에는 포구와 곶과 해안로들이 아름다운 별처럼 펼쳐지는데, 천혜의 자연 경관을 인류의 걸작으로 승화시켜 보여주는 화가들의 힘이다. 니스, 앙티브, 망통 해안에서 만날 수 있는 르누아르, 피카소, 샤갈. 북프랑스 노르망디 해안에서 만날 수 있는 모네, 쿠르베, 부댕. 베네치아 아드리아해에서 만날 수 있는 터너, 티치아노, 틴토레토. 바다와 항구, 포구와 만灣, 그리고 곶으로 시인과 소설가, 화가들의 발길이 이어져야 한다.

인간은 꿈꾸는, 그러나 덧없는 유한한 존재이다. 유한한 인간의 꿈이 깃든 자연을 우리는 예술이라 부른다. 베네치아, 르아브르, 에트르타, 옹플뢰르처럼 서귀포, 통영, 해운대, 진해 바다는 어떤 작품으로 인류사에 남을 것인가. 우리 바다가 품은 화가, 화가가 사랑한 미지의 바다를 상상해본다.

내가 눈앞에 보고 있는
저 사람은 누구인가

추석이면 거실에 빙 둘러앉아 송편을 빚는다. 어른께서 하루 전, 햅쌀을 불려 방앗간에서 빻아다 놓으면, 집안의 힘센 남자들은 뜨거운 물을 부어 치대가며 반죽을 하고, 반죽이 끝나면 모두 둥그렇게 자리를 만들어 앉아 깨송편, 쑥송편 손끝으로 빚어내며 도란도란 이야기꽃을 피운다. 매년 두 차례, 명절 전날 어김없이 펼쳐지는 광경이다. 추석에는 송편을, 구정에는 만두를 빚는다. 송편이든 만두든 한 켜 두 켜 광주리를 채워나가는 동안 이야기는 그 자리에 함께하지 못한 가족이 머물고 있는 뉴욕으로, 파리로, 베를린으로, 부산으로 달려가기도 하고, 각자 일터에서 겪은 에피소드들로 옮겨가기도 한다.

올 추석, 송편 빚기에서 내가 가족들에게 꺼낼 이야기는 이름에 관한 것이다. 나를 비롯하여 가족 구성원 대부분이 학교에 재직하고 있어서 가족사만큼이나 겪는 내용이 비슷하다. 최근 내가 일상에서 접한 새로운 사안은 개명改名의 현실이다. 개강 시간에 출석부를 부르다 보면, 내가 아는 얼굴과는 다른 이름의 학생이 대답을 한다. 그런 경우가 몇 년 전에는 한두 명이던 것이 올해에는 부쩍 늘었다. 개명법이 간소화됨에 따라, 스무 살 어름의 학부 학생들에서부터 마흔이 넘은 대학원 만학도에 이르기까지 개명은 이제 하나의 현상이 되고 있다.

누구나 한 번쯤 다른 이름으로 살아보기를 바란 적이 있을 것이다. 나도 예외는 아니었다. 혹시 현재의 내 부모는 가짜이고, 어딘가 내 진짜 부모가 살고 있는 것은 아닐까 하는 의문이 가슴속에서 비죽이 솟아나기 시작하고, 주어진 세상에 반항심이 싹트기 시작하던 열일고여덟 살 무렵, 내가 제일 먼저 한 것은 직접 내 이름을 짓는 것이었다. 필명이었다. 시인이나 소설가를 꿈꾼 적은 없으나 나는 백지에 무엇인가를 늘 쓰고 있었고, 국어 선생님

눈에 띄어 백일장에 나가곤 했다. 글을 써서 상을 받는 것보다 풍광 좋은 야외에 나가 흘러가는 구름을 바라보고, 살랑거리듯 다가와 뺨을 스치고 지나가는 바람을 느낄 수 있어 좋았다. 나는 자연과 하나가 된 그 순간의 감정을 백지에 홀렁홀렁 썼고, 함께 간 문예반 친구는 열심히 의미를 지어내려다가 포기했다. 나는 스케치하듯 쓴 글 편들을 친구들에게 나눠주었는데, 공교롭게도 큰 상은 아니지만 모두 자잘한 상을 받았다. 우리는 의기투합해서 각자 발명가의 심정으로 필명을 하나씩 고안해냈다. 내가 먼저 운을 뗐다. 이제부터 '나는 풀이다[草我]'. 옆에 있던 친구가 덩달아 외쳤다. '나는 별이다[星我]'. 풀과 별의 이름을 가만히 듣고 있던 마지막 친구가 '그럼, 나는 물이다[水我]'라고 덧붙였다. 내가 주축이 된 그날의 작명 사건은, 나라는 존재가 정작 나의 개입 없이 세상 사람들로부터 불려온 이름으로부터 '내가 생각하는 나', '내가 우주 자연 속에 기리는 대상으로서의 나', 그리하여 '내가 그렇게 되고자 하는 나'의 표현을 최초로 적극적으로 시도한 것이었다.

고등학교 때의 필명은 대학을 거쳐 작가로 데뷔하는 순간까지 함께했다. 내가 필명을 지을 마음이 발동한 것은 백일장에서 제목을 쓰고 그 아래 이름을 쓰는데, 글자와 어감이 어딘지 옛날스럽다고 느꼈기 때문이었다. 나는 새로운 것을 원했다. 새로운 것이란 누구도 먼저 스친 적 없는 어떤 것이었다. 내가 내 이름에 느꼈던 옛날스러움은 개화기 신소설에 여주인공의 이름으로 등장하는 '전근대적'인 것과 같은 맥락이었다.

친구들과 필명을 지어 서로를 부르던 열일고여덟 살 시절, 새로움은 무조건 낯선 것, 먼 곳에 있다고 고집했었다. 자기 자신이야말로 하루하루 성장하는 새로운 존재라는 것을, 그리고 그것은 고유한 것, 아득한 곳에서 비롯되고 있다는 것을 깨닫지 못했던 시절의 착각이었다. 필명을 한번 지어봤다는 것으로, 그것으로 10년 이상 일기나 편지, 습작 시 같은 사적인 글에 서명署名을 했다는 것으로, 나는 누구보다 이름과 이름이 거느린 세계에 민감하게 반응했다. 작가가 되는 순간, 치기 어린 필명을 내려놓고 전근대적이나마 웅숭깊은 본명을 공식화했다. 이름 짓기의 욕망은 매번 새롭게 시작하는 소설의 인물들로 옮겨갔다. 조금 과장하면, 주인공에게 어떤 이름을 부여할 것인가, 철수라 부를 것인가, 토마스라 부를 것인가, K라 부를 것인가에 따라 소설의 내용과 형식, 분위기가 결정된다고 할 수 있다.

　　　　이름을 바꾸는 행위, 그것은 자신의 존재감과 정체성, 나아가 자신의 뿌리를 근본적으로 되돌아보고, 적극적으로 미래를 탐색하는 일이다. 추석 한가위, 친지 가족들이 정형시의 각운처럼, 랩의 라임처럼, 한 글자만 다른 가계家系의 이름들이 모처럼 한자리에 모여 앉는다. 해마다 추석 명절을 맞아, 문청들에게 내주는 과제가 있다. '내가 눈앞에 보고 있는 저 사람은 누구인가?'에 대한 단편적 글쓰기가 그것이다. 인물 채집인 셈인데, 누구를 쓰든 자유이되, 빠트리면 안 되는 것은 그 사람의 고유한 이름이다. 추석 이후, 어떤 이름의 사연들이 초대되어 올지 사뭇 기대된다.

아나톨리아의 꽃

내가 아나톨리아 고원의 꽃이라 부르는 잔단과 그녀의 가족을 만난 것은 2년 전 일이다. 그때 나는 한국문화예술위원회에서 주관하는 한국작가 해외대학 레지던스 사업의 일환으로 터키의 카이세리라는 도시에 도착해서, 3개월 동안 그곳 대학에 머물면서 대학생과 일반인을 대상으로 특강과 강연을 수행하기로 되어 있었다. 터키에는 한국어문학과가 두 대학에 개설되어 있는데, 수도 앙카라의 앙카라대학과 카이세리의 에레지예스대학이 그것이었다. 처음 내가 가기로 되어 있던 곳은 앙카라대학이었다. 그런데 출발을 한 달 앞두고 현지 사정에 의해 에레지예스대학으로 변경되었다. 내가 앙카라대학으로 지원한 것은 한국어문학과가 1970년대 중반부터 개설되어 있는 데다가, 이스탄불이 찬란한 문화 역사를 자랑하는 국제적인 도시라면 앙카라는 터키를 대표하는 수도였고, 그에 준하는 교육과 문화, 치안 환경이 잘 갖춰져 있으리라 생각했기 때문이었다. 그러나 카이세리라는 곳은 난생처음 들어 볼 뿐만 아니라 아나톨리아 고원 중부에 있다는 것과 카파도키아라는 동굴 유적으로 가는 관문이라는 것 외에 얻을 수 있는 정보가 거의 없었다. 뜻밖의 돌발 상황 앞에서 나는 망설였다. 설상가상, 연일 접하는 국제 뉴스에서는 시리아 내전 상황이 심각해졌고, 국경을 이루고 있는 터키 동부 사정 역시 불안정하게 보도되었다.

이스탄불을 거쳐 카이세리 공항에 도착한 날은 10월 1일, 가을 초입의 선선한 날씨였다. 어렵게 결정을 하고 도착했는데, 내가 3개월 동안 머물 대학 내 숙소가 없었다. 그해 유독 외국인 교수가 많이 초빙되었다는 것이었다. 할 수 없이 대학 외부에 숙소를 구하기로 하고, 그동안 임시로 한국어문학과 조교인 잔단 기라이의 집에서 신세를 지기로 했다. 잔단은 이십 대 후반으로 한국어문학과 대학원 석사과정을 밟고 있었고, 일찍 결혼하여 남편과 세 살배기 아들이 있었다. 내가 참가한 프로그램 명칭이 레지 던스, 곧 현지에 묵으면서 작품 창작을 하는 것이 취지였 다. 그러기 위해서는 독립적인 공간이 필수적이었다. 작가 라는 존재는 일상과 창작 간의 시공간을 얼마나 잘 분리하 고 관리하느냐에 따라 생산의 양과 질이 결정된다고 할 수 있다. 그런 이유로 작가들은 단 하루라도 창작을 구상하고 전념할 수 있는 자기만의 방을 얻기 위해 일상으로부터 떨 어져 나가기 일쑤였다. 일상(가족)으로부터 멀리 떠나 터키 까지 갔으나 부득이 나는 한 가정의 구성원으로 다시 편입 될 수밖에 없었다.

　　　카이세리는 인구 100만 명 규모의 작지 않 은 도시이지만, 한국인이나 중국인 교민이 단 한 명도 없을 정도로 이슬람의 보수적인 전통을 고수하는 곳이었다. 4천 미터에 육박하는 에레지예스산을 이름으로 삼은 대학에 한 국어문학과가 개설되어 있다는 것이 신기할 뿐이었다. 잔 단은 한국 유학을 한 적이 없으나 한국어에 능통했다. 단군 신화를 연구하고 있었고, 그것을 통해 한국과 터키의 건국 신화를 비교하는 논문을 준비 중이었다. 석사과정생이었지만 국가에서 시행하는 교수 자격시험을 우수한 성적으로 통과하여 교수 요원으로 발탁되어 있었고, 한국어문학과의 조교 업무를 보면서 강의도 하고 있었다. 그러니까 대학에서 프랑스 문학을 전공한 나처럼 잔단은 한국어라는 외국어를 전공한 외국문학도였고, 그것으로 우리는 서로 공감대를 형성했다.

잔단은 한국의 성실한 젊은 부부처럼 신축 아파트를 마련한 지 얼마 되지 않았고, 월급의 많은 액수가 아파트 대금으로 지출되고 있었다. 나에게는 현관 입구 방이 주어졌다. 얼떨결에 입주를 했으나, 짐을 들여놓고 보니 문제가 한둘이 아니었다. 일단 방에는 마땅히 앉아서 책을 읽거나 글을 쓸 책상이 마련되어 있지 않았다. 침대는 소파 겸용으로 편안한 잠자리를 보장할 수 없었다. 옷장이 따로 있지 않아 짐을 그대로 한 켠에 놓고 살아야 했다. 그것들은 어느 정도 감수할 만했다. 문제는 인터넷이 개설되어 있지 않은 것과 세 살배기 사내아이였다. 나는 작가인 동시에 대학에 재직 중이어서 수시로 이메일 연락을 주고받으며 업무를 원활하게 수행해야 했다. 잔단은 후덕한 인상에 덩치가 컸고, 터키인 특유의 여유가 몸에 배어 있었다. 그녀는 내가 고민하는 것들에 대해 전혀 심각성을 인식하지 못했다. 책상에 앉아 작업을 하고 네트워크를 위해 나는 매일 아침 잔단과 함께 출근길에 나섰다. 그런데 그녀는 학교로 곧장 가는 것이 아니라 옆 마을에 있는 친정에 들러 아들 에미르를 맡기고 가고, 하굣길 역시 친정에 들러 에미르를 찾아 집으로 왔다. 집-친정-학교-친정-집의 루트가 삼각형의 형태로 작동되었고, 나는 하루에 두 번 그녀의 어머니와 인사를 하게 되었다. 잔단의 어머니는 아파트 아래로 내려와 에미르를 맞아 데리고 올라가고 우리는 학교로 향하곤 했다. 그런데 그 자리에는 매번 어머니뿐 아니라 아버지, 그리고 그들의 늦둥이 아들인 샤미르까지 마중 나와 기다리고 서 있었다. 에미르를 맡기는 아침과 찾는 저녁, 나는 잔단의 가족들과 인사를 해야 했다. 말뜻을 알아듣지는 못해도 그들의 표정과 몸짓이 어찌나 뜨겁고 웅숭깊던지, 인사를 마치고 헤어질 때는 오래 떨어져 있던 피붙이와 상봉하는 것 같았고, 환대로 시작한 파티의 끝을 열렬히 치른 것 같았다.

　　대학 안에서는 한국어문학과 학생들이 한국어와 한국문화를 열정적으로 배우고 있어서 의사소통에 문제는 없었으나 대학 밖으로 나가기만 하면 말이 통하지 않아 잔단 없이 물 하나 살 수 없었다. 그곳 사람들은 터키어 이외에 단순한 영어 몇 마디조차 구사하지 못했고, 나 역시 터키어를 한 글자도 해독하지 못했다. 나는 잔단의 일과 표에 맞춰 생활했고, 그녀의 가족들과 어울렸다. 그때 확인한 바로, 터키는 우리의 1960, 70년대처럼 혈연과 가족 중심 사회를 유지하고 있었다. 잔단은 4남매의 장녀였고, 어떤 의미로는 두 집의 기둥이자 가장이었다. 계약직에 종사하는 남편의 경제력은 잔단만 못했고, 친정아버지는 상징적인 존재일 뿐, 경제적인 부담은 잔단이 지고 있었다. 교수 요원인 잔단을 가족들은 자랑스럽게 여기고 있었다. 잔단 어머니는 수시로 집으로 와서 에미르를 봐주거나 데리고 갔고, 그럴 때마다 나를 위해 음식을 만들어와 수줍게 건네곤 했다. 꿀과 살구잼을 만들어 오기도 하고, 터키 전통 만두를 빚어오기도 했다. 3개월 뒤, 한국으로 돌아올 즈음에 나는 그들과 말도 몇 마디 섞을 줄 알게 되었고, 가슴과 가슴을 맞대고 진하게 포옹한 뒤에야 헤어지는 가족이 되었다.

　　　인생이란 긴 여행길과 같다. 모험의 다른 이

름인 여행은 돌발성을 속성으로 한다. 뜻하지 않게 카이세리라는 낯선 도시로 가게 되었지만, 그곳에는 내 유년기를 풍요롭게 해주었던 가족의 뜨거운 정이 고스란히 남아 있었다. 그것은 오늘의 나를 탄생시켰던 내 가족들처럼, 잔단기라이라는 미래의 한국어문학과 교수를 감싸주고 지탱해주는 힘이었다. 귀국행 비행기 안에서 창밖으로 터키의 드넓은 대륙을 내려다보았다. 공항에서 헤어질 때, 흘러내리는 눈물을 훔치던 잔단을 생각했다. 나에게 그녀는 척박한 아나톨리아 고원에서 살아남은 한 떨기 아름다운 꽃이었다.

이름을 바꾸는 행위, 그것은 자신의 존재감과 정체성,
나아가 자신의 뿌리를 근본적으로 되돌아보고,
적극적으로 미래를 탐색하는 일이다.

파리 6구, 프랑스

파리 옥탑방 철학자의
귀환을 환영함

　　오래전 일이다. 편집자 시절, '마음글방 시
리즈'의 일환으로『대승기신론大乘起信論』출간 작업을 옆에
서 지켜본 적이 있다. 이 책의 소개에 따르면, '대승기신론'
이란 '대승경전의 골수를 명쾌하게 드러낸, 가장 간결하면
서도 가장 뛰어난 대승불교의 개론서'이다. 소疏라 불리는
주석서만 30여 권에 달하는데, 그중 중국의 혜원, 당나라의
법장, 그리고 한국의 원효선사의『대승기신론 소』가 대표
적이다.『대승기신론』은 같은 시리즈의『십우도十牛圖』와 함
께 나를 매혹시켰다. 십우도는 소를 매개로 인간의 욕망과
우주의 근원을 열 개의 장면으로 표현한 불교 벽화이다. 십

우도의 존재를 알게 된 이후, 전국의 크고 작은 사찰에 들를 때면 반드시 벽화를 찾아보았고, 마찬가지로 유럽의 대성당 벽에 그려진 걸작 회화 작품들도 눈여겨보았다.

마음글방을 통해 만난 『십우도』와 『대승기신론』은 서구의 문학과 철학에 경도되어 있던 나에게 미지의 영역이었고, 함부로 범접할 수 없는 신비로운 세계였다. 한 권 한 권 출간되어 나올 때마다 경외감으로 바라보면서도 언젠가는 처음부터 끝까지 정독해보고 싶은 마음이 거세게 일어나곤 했다. 그러나 청춘 시절에 품었던 마음은 신기루와 같은 것, 기약했던 책들은 서가 높은 곳에 꽂힌 채 가물가물 세월이 흘렀다. 그러다 어쩌다, 포항 오천의 오어사吾魚寺에 닿거나, 경주의 남산 아래 월정교에 이를 때면, 고승 원효의 밀씀과 인간 원효의 족적을 헤아려볼 뿐이었다.

살다 보면 뜻밖의 선물이 주어지는 일이 있는데, 이때 선물이란 가까운 사람들에게 받는 책이나 꽃 같은 물질 형태가 아닌, 어떤 영혼과의 만남의 형태가 되기도 한다. 이태 전 봄, 파리 콜레주드프랑스 한국학연구소에서 만난 최원호 박사와의 만남이 그것이다. 그는 당시 프랑스고등연구원에서 13년째 원효 연구로 박사 논문을 집필하고 있었다. 한국학연구소는 프랑스 최고의 석학 연구 및 강의 기관인 콜레주드프랑스의 별관으로, 팡테옹 언덕의 유서 깊은 소르본 대학지구에 있다. 뜰에는 사이프러스 나무와 두 그루의 아그베 나무가 서 있어서 나는 가끔 창을 통해 뜰을 내려다보다가 계단을 내려가 나무 아래를 걷곤 했다. 나만 그런 것이 아니라 그곳을 드나드는 과묵한 연구자들의 행로도 비슷했다. 학문의 세계란 연구 대상과의 지난한 싸움이자 시간과의 싸움, 곧 자기와의 싸움이다. 그 누구도 대신할 수 없는 화두를 풀어가야 하고, 그것으로 인한 고독과 마주해야 하고, 그것을 견뎌내기 위해 강철 같은 인내력이 필요하다.

가끔, 콜레주드프랑스 뜰의 풍경이 빛이 아니라 사람들의 활기로 환해질 때가 있었다. 거기에는 어김없이 그가 있었다. 신기한 것은 그를 중심으로 다양한 분야의 연구자들이 모여 그의 말을 경청하고 있다는 것이었다. 그는 연극 무대의 주인공처럼 울림이 깊고 큰 목소리로 그간의 연구를 설파하고 있는 듯 보였다. 그 모습은 내가 파리에서 체류하는 동안 만난 가장 인상적인 장면이었다. 그는 오직 영혼으로만 존재하는 소년처럼 보이기도 하고, 고승 선사처럼 보이기도 했다. 내가 파악한 그는 파리에서도 가장 작고 저렴한 옥탑방에서 살면서 최고 고등교육기관에서 원효를 연구하고 번역하는가 하면, 식당 주방에서 접시를 닦고, 하루 두 끼 샌드위치로 식사를 하고, 도서실 퇴실 시간까지 연구하고, 집으로 돌아가는 심야에 충만해진 시심을 못 이겨 시를 쓰고, 프루스트와 아르토를 지독하게 사랑하는 문학청년이었다.

프랑스를 비롯한 유럽의 철학 사상계에서 동양 쪽은 중국과 일본이 장악하고 있다. 그런 의미에서, 최원호 박사의 연구는 한국의 대사상가 원효를 유럽에 제대로 소개하는 엄청난 작업이다. 내가 한국으로 돌아온 뒤에도 계절이 바뀔 때마다 그의 안부를 묻고, 그의 연구가 완성되기만을 학수고대한 이유가 거기에 있다. 삶과 문학, 철학의 결정체, 그가 돌아왔다. 『대승기신론 소·별기』 프랑스어 완역과 함께. 한국을 떠난 지 15년 만이다.

세상에서 가장 아름다운 결혼식

제주도에는 10년 만이었다. 공항으로 향하면서 보고 싶은 한 사람을 생각했다. 부산에 내려가 만난 인연이었다. 소설 쓰는 선생과 제자로 대학원에서 몇 년을 동고동락했는데, 졸업 후 서울로 올라가 편집자가 되었다. 성은 장이고 이름이 미였다. 그러나 모두 성과 이름을 따로 떼지 않고, 장미라고 불렀다. 장미는 꽃이 품은 매혹적인 향과 고귀한 화려함보다는 아침 햇살에 반짝이는 들꽃처럼 싱그러움과 소박함의 소유자였다. 그래서 장미를 만나고 나면 그동안 알았던 도도한 꽃 장미는 잊어버리고 주변을 환하게 해주는 기분 좋은 표정을 기억했다.

제주로 향하는 비행시간 동안 장미가 그동안 내게 보낸 편지들을 떠올렸다. 홍대 앞에 등을 대고 누울 방을 구했다는 편지, 첫 기획을 맡았다는 편지, 첫 책을 만들었다는 편지, 결혼식을 올렸다는 편지, 그리고 제주도로 이사를 했다는 편지. 사람 사이 정이란 무서운 것이었다. 편지를 읽고 답장을 쓰는 사이, 서울에서는 체험하지 못했던 뭉클함이 밀려와 가슴속을 뜨겁게 채우곤 했다. 나에게 부산은 외지였는데, 내가 떠나온 홍대 앞은 장미에게 외지였다. 살다 보면 서로 자리를 바꿔 있기도 하고, 측은해하거나 부러워했던 다른 이의 역할을 내가 맡아 하는 일이 벌어졌다.

장미는 내가 1년간 타국에 머물던 재작년 가을, 8년 사귄 한옥 목수와 결혼을 했다. 결혼 소식과 함께 몇 장의 사진을 보내왔는데, 나는 편지를 읽으며 대견함, 기쁨, 사랑, 감동 따위의 추상적인 말로는 전할 수 없는 다채로운 감정에 휩싸였다. 장미와 한옥 목수는 보통 사람들이 생각하지 못하는, 몇몇 꿈을 꾸더라도 결국은 실행에는 옮기지 못하는, 세상에서 가장 값진 결혼식을 올렸다. 이름하여 둘만의 들꽃 결혼식. 소설이나 영화가 사람의 마음을 움직이고 울리는 것은 작가의 기법이나 감독의 연출력이 뛰어나서가 아니다. 세월이 흐른 뒤에도 여운을 느껴, 돌아보고 싶게 만드는 것은 작품에 쏟은 작가의 진심이다. 장미의 결혼 편지는 내게 감동 이상의 행복감을 안겨주었다. 좋은 것은 두루 나누는 것이 미덕이다. 편지 일부를 그대로 옮겨본다.

웨딩 사진은 빌린 카메라에 삼각대를 꽂아 한강에서 둘이 찍었고, 가을이었고, 하늘이 푸르렀고, 코스모스가 피었고, 등산 가는 아주머니 아저씨들이 예쁘다, 잘한다, 잘살아라 해주었습니다.

장미의 마지막 편지는 제주도에서 온 것이었다. 허름한 농가를 손수 다듬어 새로운 신접살림을 차렸고, 텃밭에 양배추를 심었으나 망했고, 제 얼굴보다 큰 문어를 잡았다는 것. 그리고 책상에 앉아 서울에서 하던 일을 하고, 밤에는 소설을 쓴다는 것. 온통 벌레에 뜯긴 양배추와 갓 잡은 문어를 비바리처럼 번쩍 들고 활짝 웃으며 찍은 장미의 사진들을 떠올리면서 나도 모르게 소리 내어 웃었다. 비행기가 제주 공항에 착륙하기 위해 하강하고 있었다. 새색시 장미를 만날 생각에 가슴이 뛰었다.

살다 보면 뜻밖의 선물이 주어지는 일이 있는데, 이때 선물이란 가까운 사람들에게 받는 책이나 꽃 같은 물질 형태가 아닌, 어떤 영혼과의 만남 형태가 되기도 한다.

에펠, 밤의 파리

세상에 단 하나뿐인 삼나무 도마

계곡을 넘어가자 드넓은 바다를 향해 자그마한 포구 마을이 고즈넉이 펼쳐졌다. 대정大靜, 안덕安德, 대평大坪이라고 쓴 도로표지판을 따라온 길이었다. 큰 고요, 안락한 계곡, 평평하게 뻗은 들. 눈으로는 앞에 펼쳐지는 광경을 쫓고, 머릿속으로는 한자의 뜻을 새기며 나아갔다. 장미는 어김없이 집 앞에 나와 길모퉁이 쪽으로 목을 비스듬히 빼고 나를 기다리고 서 있었다. 알려준 주소를 향해 길 이쪽저쪽 집들과 마을의 형세를 가늠하며 코너를 돌던 중이었다. 장미의 모습이 눈에 들어오는 순간, 반가움을 압도하는 친밀하면서도 낯선 아득함이 밀려왔다.

도무지 믿어지지 않았다. 부산도 아니고, 서울도 아닌, 제주도 작은 포구마을의 허름한 농가에 장미와 마주 앉아있다는 사실이. 집은 마을 길에 접해 있는 일자형 一字形이었다. 바람 많은 섬 날씨에 맞게 지붕이 몹시 낮았는데, 한옥 목수 남편을 둔 덕에 기둥들이 튼실해 보였다. 장미가 준비한 식탁은 조촐하나 화려했다. 복숭아와 참외를 정성껏 깎아 접시에 담았는데, 마치 모란이나 작약처럼 크고 붉은 꽃이 만개한 모양이었다. 참외가 꽃심에 해당하는 중앙을 차지하고 있었는데, 장미가 몇 포기 심어 수확한 귀한 것이었다. 한 조각 맛보니, 달지는 않았지만 적당한 수분에 식감이 좋았다. 다과를 앞에 두고 주거니 받거니 담소를 나누었다. 주 내용은 편지로 알고 있던 사실의 세부였다.

사실은 전체적인 윤곽을 전달하고, 세부는 여백과 행간으로 남은 저간의 사정과 느낌을 묘사한다. 장미와 그녀의 남편은 여행으로 왔다가 그곳 사람들에 의해 자리를 잡은 희귀한 경우이다. 대학에 다니고, 사회에 나가고, 결혼에 이르기까지 자력으로 꾸린 장미였기에 여행지의 숙소도 저렴하면서도 알찬 게스트하우스를 찾아들었다.

관광지의 떠들썩한 곳을 피해 고요한 포구에서 며칠 묵을 예정이었다. 그런데 남편이 목수라는 사실을 알게 된 포구 사람들이 초대하기 시작했고, 그동안 손보지 못한 곳들을 보여주었다. 목수는 이 집 저 집 고쳐주느라 돌아갈 날짜를 연기하고, 결국은 포구 사람들이 소개해준 허름한 농가에 새살림을 차렸다.

만남이 애틋했던 것처럼, 헤어지려니 아쉬움이 밀려들었다. 작은 선물들을 전해주고 작별인사를 하려는데, 장미가 탁자 옆에서 크고 길쭈룸한 종이봉투를 꺼냈다. 안에는 뜻밖에도 도마가 들어 있었고, 나는 짧게 탄성을 질렀다. 장미는 목수 남편이 잘라준 제주도 삼나무로 몇 날 며칠 손수 깎고 밀고 다듬어 기름칠해 말렸다고 수줍게 웃으며 말했다. 장미와 헤어져 포구 끝 바다로 향했다. 백미러로 손을 흔들고 있는 장미의 모습이 보이지 않을 때까지 바라보았다. 크나큰 고요와 안락한 계곡, 그리고 평평하게 쭉 뻗은 들. 그곳에서 만든 세상에서 단 하나뿐인 장미의 삼나무 도마를 안고 비행기에 올랐다.

베네치아에서 울다

리도행 배는 오후 3시에 떠났다. 베네치아 본섬을 S자로 가르는 대운하 끝, 산 마르코의 발레리소 부두에서였다. 치명적인 사랑의 소설인 「베네치아에서의 죽음」을 쓴 토마스 만이 '아주 멋진 부두'라 불렀던 바로 그곳이었다. 부두에서 바라본 하늘은 흐렸고, 갈매기 한 마리가 낮게 유영했다. 사공은 아드리아해로 진입하기 위해 뱃머리를 돌렸고, 일렁이는 물결 저 너머, 짙푸른 뱀의 형상으로 섬이 길게 누워 떠 있었다. 섬에서 눈을 떼지 않은 채, 뱃전에 자리를 잡고 앉았다. 리도행 배에 오른 것은 11년 만이었다.

어떤 언어를 사용하든, 예술가치고 베네치아를 꿈꾸지 않은 사람이 있으랴. 시인, 소설가, 화가, 음악가, 철학자, 사상가들까지 국적을 불문하고 베네치아에 흔적을 남겼다. 그들은 미로처럼 번진 물길들을 들고나며 사랑을 기록했다. 사랑이 시작될 때, 사랑 한중간, 사랑이 끝난 뒤, 그리고 떠난 사랑을 추억할 때조차 그들은 줄기차게 베네치아로 향했던 것. 나 또한 예외가 아니었다. 베네치아로 향하면서, 그리고 다녀와서 나는 단편 「사랑인가」, 중편 『아주 사소한 중독』, 기행문 「베네치아, 매혹」, 「베네치아, 사랑 혹은 죽음에 이르는 병」 등을 발표하기도 했다.

베네치아란 무엇일까. 거대한 석호 위에 떠 있는 118개의 섬과 그들을 잇는 400개의 다리가 미로처럼 어지러이 번져 있는 곳. 죽음의 관을 연상시키는 까만 곤돌라들이 뱀 같은 물길들을 날렵하게 가로지르는 곳. 누군가에게는 베니스(영어), 또 누군가에게는 베네디히(독일어), 또는 브니즈(프랑스어), 그리고 현지 사람들에게는 베네치아. 그 이름을 입술에 올리는 순간부터, 이상하고 야릇한 물결에 휩싸였고, 그 열기와 흐름 속에 빚어져 나온 문장들은 강렬하고 미려했다. 마치 내가 쓰고도 아닌 것처럼, 누군가, 아니 그 무엇인가, 내 몸과 내 의식을 타고 흘러나온 것처럼, 잦은 쉼표의 문장들을 낯설게 바라볼 뿐이었다. 예를 들면, 이런 서두.

> 사랑이 막 시작되거나, 사랑을 잃어버렸을 때, 사람들은 베네치아를 꿈꾼다. 첫눈에 마음을 점령해버린 사랑의 위력을 어쩌지 못해, 혹은 그 사랑의 쓰라린 실연의 상처를 위무하기 위해 우리가 자기도 모르게 동쪽 바다로 달려가듯이, 유럽인이라면 사랑을 가볍게 목에 걸고 베네치아로 간다. 프랑스의 여성 작가 아니 에르노의 자전소설 『단순한 열정』과 그의 33세 연하 연인 필립 빌랭이 그녀와의 사랑을 역시 자전소설로 기록한 『포옹』에서의 베네치아는 사랑, 그 전과 후의 여정으로 실감 나게 등장한다.
>
> —함정임, 「베네치아, 사랑 혹은 죽음에 이르는 병」, 「그리고 나는 베네치아로 갔다」, 중앙M&B, 2003

또는 이런 중간.

베네치아는 절대 오래 있을 곳이 못 된다고 말하면, 수백 갈래의 혼탁한 물길로 분열된 늪지를 떠도는 '해로운 공기'를 본능적으로 감지했다고 말하면, 그래서 '시로코 열풍과 뒤섞인 바닷바람'을 오래 쐬면 불치의 전염병에 걸려든다고 말하면, 그러면 정말 죽을 수도 있다고 말하면, 지나친 과장일까? 내가 이렇게까지 나약한 엄살에 휘말린 것은 순전히 토마스 만 때문이었다.

— 함정임, 「베네치아, 사랑 혹은 죽음에 이르는 병」, 「그리고 나는 베네치아로 갔다」

또는 이런 끝.

누가 그랬던가. 사랑은 사랑을 사랑하는 사람의 것이라고. 예술은 예술을 사랑하는 사람의 것이듯. 늪지에 세워진 불안정한 도시, 베네치아. 매년 감지할 수 없을 만큼씩 물 밑으로 가라앉는 물의 도시. 그 덧없음을 외면할 수 없어서인가.

루소와 바이런, 뮈세와 상드, 토마스 만과 헤밍웨이, 이루 헤아릴 수 없이 많은 사상가와 예술가들이 사랑한 도시, 베네치아. 바그너의 최후를 지켰고, 지금도 산 마르코 광장에 서면 비발디의 〈사계〉가 울려 퍼질 것 같은 경이로운 섬의 도시를 이번에는 절대로 놓치지 않을 것이다. 사랑을 찾아 돌아올 것이다.

— 함정임, 「베네치아, 매혹」, 『하찮음에 관하여』, 이마고, 2002

배는 산 마르코 부두를 벗어나 쾌속으로 10여 분간 달렸다. 11년의 세월은 나에게 무엇을 가져다주었을까. 몇 번의 사랑이 찾아왔고, 지나쳤고, 서성였던가. 무엇을 잃었고, 또 얻었는가. 11년 만에 리도로 향하는 이유가 있었다. 처음 나를 리도로 이끌었던 힘, 독일 산문 정신의 정점 토마스 만이 평생 동성애 기질을 가슴속에 묻고 오직 소설 「베네치아에서의 죽음」에만 은밀하게 표출함으로써 자신의 운명을 극복했던 현기증 나는 무대, 호텔 데뱅과 해변, 그리고 석양과 마주하고 싶었다. 아드리아해의 바람을 온몸으로 맞으며 나를 베네치아로, 또 리도로, 그리고 해변으로 이끈 소설의 내막을 떠올려보았다. 쉰 살의 성공한 소설가 아셴 바하(토마스 만의 분신)는 원래 가려던 알프스 산지의 별장이 수리에 들어가는 바람에, 아드리아해의 섬으로 휴식차 간다. 거기에서 그는 뜻밖에 폴란드에서 가족과 함께 여행 온 타치오라는 열네 살의 미소년에게 첫눈에 반한다. 소년을 발견한 이후, 그의 마음과 행동은 모두 소년에게 집중된다. 섬은 콜레라가 만연하고, 사람들은 떠나거나 죽어간다. 그러나 그는 오직 소년을 조금이라도 더 보기 위한 열망으로 섬에 머문다. 그리고 해변 의자에 앉아 석양 속 소년의 모습을 생의 마지막 장면으로 담고 눈을 감는다.

11년 전, 리도에 가까워지는 것은 흡사 연인의 옆에 가는 것과 같은 흥분된 기분을 안겨주었다. 그때는 한여름이었고, 다시 찾은 것은 3년 전 가을, 10월이었다. 처음 여름의 날씨는 더할 나위 없이 청명했다. 리도 선착장에 내려 섬을 가로질러 반대편 해변으로 걸어가는 동안 모든 것이 반짝반짝 빛나고, 운치 있고, 아름다웠다. 토마스 만의 소설을 원작으로 한 루키노 비스콘티의 동명 영화에서 본 그대로였다. 이탈리아 귀족 출신으로 패션계에 입문했던 영화감독답게, 비스콘티는 세계대전 발발 직전 벨 에 포크(아름다운 시절)의 화려하면서도 위태로운 시대 감각을 영화로 완벽하게 재현했다.

　　10월의 흐린 날씨 탓이었을까. 배가 리도에 가까워지고, 선착장에 닿고, 그리고 똑같은 길을 지나 소설의 무대로 향했는데, 모든 것이 빛을 잃었고, 쇠락했고, 폐쇄되었다. 그사이, 무슨 일이 있었던 것일까. 급기야 소설의 무대에 이르렀다. 아드리아해를 향해 위풍당당하게 서 있던 하얀 호텔과 뜰에 피어 있던 꽃과 나무들, 그 앞 길게 뻗어 있던 소나무 산책로, 그리고 길 건너 모래밭과 끝없이 늘어서 있던 하얀 방갈로들. 모든 것은 그대로인데, 한 가지가 없었다. 삶의 느낌, 생기였다. 무엇인가 중요한 것을 잃어버렸을 때처럼 두 다리에 힘이 주욱 빠졌다.

　　아셴 바하가 죽어갔던 해변의 모래밭을 걸었다. 내가 걷는 대로 흔적이 되어 따라왔다. 석양을 등지고 소년이 서 있던 바닷가까지 나아갔다. 토마스 만에게, 아니 아셴 바하에게 소년은 미美, 그 이상도 이하도 아니었다. 현실에서는 있어도 그만, 없어도 그만인 그것에 목숨을 바치는 족속이 작가이고, 예술가였다. 석양은 사라지고, 돌아오는 길은 멀었다. 언제, 어디에서부터 눈물이 시작된 것일까. 뺨을 적시는 눈물이 뜨거웠다. 내가 살아 있다는 증거였다.

모든 것이 밝혀지는 순간

스물세 살의 카뮈는 『티파사에서의 결혼』에 이렇게 썼다.

"어떤 시간에는 햇빛 때문에 들판이 캄캄해진다."

카뮈는 정오正午라는 시간을 문학사에 새롭게 등재시킨 작가로 통한다. 신들이 내려와 살았다던 지중해안의 고대 폐허, 그 위에 내리는 정오의 햇빛, 폭발하는 색채의 꽃들, 꽃들이 뿜어내는 현기증 나는 향기들, 그리고 사방에 펼쳐진 짙푸른 하늘과 바다. 여기에서 정오란 시간적인 의미인 동시에 공간적인 의미로 읽어야 한다. 시공간

적인 자연현상인 동시에 감각들의 혼융, 또는 결혼으로 읽
어야 한다. 이어지는 다음 문장이 그것을 말해준다.

　　　　"두 눈으로 그 무엇인가를 보려고 애를 쓰지
만 눈에 잡히는 것이란 속눈썹 가에 매달려 떨리는 빛과 색
채의 작은 덩어리들뿐이다."

　　　　살아가면서 우리는 눈앞이 캄캄해지는 순
간을 경험한다. 실내에 있다가 정오의 햇빛 속으로 나아갈
때, 영화관 로비의 환한 조명 아래에서 휘장을 젖히고 어둠
속으로 들어갈 때, 두 눈을 뜨고 앞을 보고 있지만, 앞을 전
혀 분간할 수 없는 상황에 처하게 된다. 그러나 우리는 당
황하지 않는다. 얼마 되지 않아 빛은 빛대로, 어둠은 어둠
대로 눈앞 본연의 모습을 드러내 준다는 것을 알기 때문이
다. 그런 의미에서 카뮈가 쓴 저 한 문장은 인류가 끊임없
이 반복해온 익숙한 한 문장의 차원을 훌쩍 뛰어넘어 우리
의 눈앞을 가려온 낡은 커튼을 시원하게 찢어버리는 칼날
같은 경구警句가 된다.

　　　　카뮈가 스물세 살 때 쓴 "어떤 시간에는 햇
빛 때문에 들판이 캄캄해진다"는 이 문장은 단편소설의 미
학 원리인 현현Epiphany와 맞닿아 있다. 에피파니는 가톨릭

용어이다. 프랑스처럼 가톨릭 국가에서는 1월 6일, 주현절을 가리킨다. 곧 주님이 현세에 모습을 드러내는 순간을 기리는 날이다. 평범한 일상 속에서 뜻하지 않게 마주치는 신성神聖, 또는 찰나 속에 맞닥뜨리는 영원성을 뜻한다. 이것이 소설에 와서는, 어떤 복잡한 사태 앞에서 주인공이 겪는 혼란이 해소되고 본질과 마주치는 순간을 의미한다. 단편소설이란 어떤 문제가 주인공에게 주어지고, 주인공은 그 문제를 해결해나가는 과정이다. 주인공에게는 쉽지 않은 길이 놓여 있고, 이런저런 함정과 우회로를 겪게 되는데, 우여곡절의 강도에 따라, 그러니까 주인공에게 주어지는 시련과 혼란의 강도에 따라 에피파니의 효과는 극대화된다. 혼란의 정점에서 보고야 마는 사태의 진실, 거기에 에피파니의 원리가 거울처럼 작동하고 있다. 혁명과 사랑은 완성되는 순간, 변질되기 시작한다. 우리가 가장 경계해야 하는 것은 그러므로, 모든 것이 밝혀지는 순간의 방심이다. 지난가을부터 토요일마다 광장에 나가 탄핵을 가결시킨 촛불 집회가 끝이 아닌 시작인 이유가 여기에 있다.

　　　스물세 살의 카뮈가 쓴 그 아름다운 문장은 에피파니를 염두에 두고 쓴 것은 아닐 것이다. 그가 나고 자란 고장의 햇빛과 꽃, 향기가 뼛속 깊이 새겨져 문장으로 움터 나온 것일 것이다. 정오의 사상이란 부조리를 의식하고 각성함으로써 정의를 향해 나아가는 자유 의지를 뜻한다. 이것을 한 문장으로 압축하면 "나는 반항한다, 고로 존재한다!"가 된다.

내 마른 손으로 너의 작은 손을 잡고

2016년 1월 7일 목요일 저녁, 파리 샤를드골 공항에 내렸다. 입국 절차를 간단히 마치고, 공항 밖으로 나갔다. 하늘은 어두웠고, 대기는 음울했다. 고속전철을 타고 시내로 향했다. 한창 이동이 많을 8시경이었는데, 예상 외로 전철 안이 한산했다. 전철은 축구경기장 스타드 드 프랑스 역에 정차했다가 출발했다. 문이 열렸다 닫히는 짧은 사이, 1월의 음습한 밤바람이 한 움큼 들어왔다 나갔다. 도심으로 들어오는 동안, 플랫폼에서, 전철 안에서, 환승역 지하도에서 나도 모르게 사람들 표정을 살피고, 그림자 꼬리를 자르듯 두려움을 떨쳐 내며 걸음을 빨리했다. 예전에 하지 않던 행동이었다.

1월 10일 일요일 오전 10시, 파리 10구 레퓌블리크(공화국) 광장에는 작은 가설무대가 설치되었다. 전자기타 사운드가 흐리고 축축한 대기를 가르며 흐느끼듯 울렸다. 이어 72세의 샹송 가수 조니 할리데이가 읊조리듯 운을 뗐다. "수백만 사람들의 시선, 고통의 눈물, 거리의 수백만 발걸음, 1월의 어느 일요일." 1월과 11월 테러 희생자들을 애도하는 노래였다. 원래는 2015년 테러 직후인 1월 11일 일요, 시민 연대 군중들이 대로를 꽉 메운 채 행진하고, 광장에 모여 희생자를 추모하는 마음을 기려 지은 것이었다. "나는 내 마른 손 위에 네 작은 손을 잡았지. 우리의 심장은 점점 더 빨리 뛰었지. 1월의 어느 일요일에." 그리고 2016년 1월 10일은 그로부터 1년 뒤, 일요일이었다. 노래가 울려 퍼지는 광장 하늘 위로 공화국을 상징하는 여인, 마리안이 한 손을 번쩍 치켜들고 서 있었다. 손끝으로 비둘기들이 내려앉았다 날아갔다. 마리안의 발아래에는 꽃과 메모, 국기와 사진, 촛불들이 첩첩이 에워싸고 있었다. 추모장에는 자전거를 타고 지나가던 주민, 아이를 안고 온 젊은 부부, 여행자, 희생자 유족, 파리 시장과 대통령

까지 수많은 사람이 비장한 얼굴로 모였다.

> 우리는 군중 속에서 침묵하면서 걸었지. (중략)
> 온 나라의 고통을 달래기 위해 우리는 공포와
> 증오를 버리고 왔지. 1월의 어느 일요일에.

희생자들의 이름이 광장에 새겨졌고, 추모
의 나무로 참나무가 심어졌다. 무고한 수백 명이 바닷속에
수장되고, 테러리스트들의 총에 잔혹하게 시민들이 희생당
하고, 인류를 공멸에 빠트리는 핵실험이 자행되는 현실이
다. 그럼에도 불구하고 "고통을 달래기 위해", "공포와 증
오를 버리고" 모여드는 사람들, "두렵지만, 여기에 있다!"
라고 연대하며 저항하는 사람들. 여기는, 광장과 혁명의 도
시, 파리이다.

사랑에 관한

긴   이야기

새로운 천사는 어디에

미술관에 갈 때면 관람하는 주 대상이 바뀐다. 파리의 현대미술관인 퐁피두미술관의 경우, 어느 때에는 미국적인 장면과 추상 표현을 실현한 에드워드 호퍼와 마크 로스코의 회화를, 또 어느 때에는 일상 풍경을 환각적으로 묘사한 프랑스 화가 발튀스의 작품들을 중점적으로 관람하기도 한다. 부연하자면 이런 것이다. 극작가 앙토냉 아르토와 작가 알베르 카뮈에 의해 발튀스의 회화 세계를 새롭게 발견한 뒤라면, 또 최근 일본의 사진작가 히사지 하라의『발튀스 회화의 고찰』을 접한 뒤라면, 발튀스가 단연 관람의 목적이 되는 것이다. 발튀스의 에로틱하면서도 섬뜩한 사춘기 소녀 연작과 기묘한 일상의 장면들은 고착된 삶의 국면들을 뒤흔들고, 새로운 시야를 열어준다.

이번 파리 체류 중에 퐁피두미술관에 갈 생각을 한 것은 파울 클레의 그림들을 다시 돌아보기 위해서였다. 몇 년째 유대계 독일인 미학자 발터 벤야민의 파리에서의 족적을 좇는 과정에서, 그가 가깝게 지내며 경의를 표했던 파울 클레의 그림들이 새롭게 다가왔다. 스위스 출신의 이 화가는 음악과 그림에 공히 천부적인 재능을 물려받았고, 두 세계를 연마하여 바이올리니스트이자 화가로 활동했다. 그의 그림들은, 전쟁 중이었음에도 음악적인 리듬감이 선과 색으로 이행하면서 자연스럽게 추상적이고 단순한 이미지를 형성했다. 퐁피두에 소장된 그의 여러 그림, 〈리듬 속에〉, 〈피렌체 빌라〉, 〈사슴〉 등이 그것이다.

클레의 그림 중 벤야민이 특별히 주목한 것은 〈새로운 천사〉이다. 수채화로 그려진 천사는 곁눈질로 뒤돌아보고 있고, 앙상한 날개를 퍼덕이며 날아오르려는 형상이다. 벤야민은 이 천사의 시선과 날갯짓을 통해 역사 개념에서 진보를 논하고, 미래의 희망을 설파했다. 새로운 천사는, 눈은 과거의 끝없는 폐허를 돌아보지만, 거역할 수 없는 폭풍이 미래로 등을 세차게 밀어낸 존재, 곧 역사의 진보를 이끄는 천사를 뜻한다.

프랑스에는 현재 60만 명에 이르는 유대인이 거주하고 있다. 연달아 테러의 타깃이 되면서 최근 상당수가 이스라엘로 돌아가고 있다. 파울 클레의 〈새로운 천사〉는 예루살렘의 이스라엘미술관에 소장되어 있다. 13년째 파리 연구를 이어가던 벤야민은 나치의 추적을 견디다 못해 아메리카로 떠나기 위해 스페인 국경의 포구 마을 포르부에 이르렀다가 극적인 죽음을 맞기까지 분신처럼 이 그림을 품에 간직했다. 벤야민은 이 그림과 함께 비극적 최후를 맞았지만, 아이러니하게도 이후 우리 시대 가장 영향력 있는 그림 중 하나가 되었다.

퐁피두에서는 〈새로운 천사〉 대신 〈예언자〉와 마주할 수 있다. 백색의 초상이 언뜻 외계인의 형상이다. 인류는, 역사는, 새로운 천사, 메시아는 어디로 향해 가는가. 예언자는 말이 없다.

악령 들린 사람들

인간이란 무엇인가 하는 화두에 사로잡힐 때면 떠오르는 이름들이 있는데, 도스토옙스키와 발자크이다. 그들의 소설은 인간학으로 통할 만큼, 그들은 어둡고 비밀스러운 인간의 내면을 탐사하는 데 필생筆生을 바쳤다. 『악령』은 도스토옙스키가 필사적으로 매달린 인간의 망집妄執에 대한 소설적인 기록으로, 역설적으로 새로운 세상에 대한 열망을 담고 있다. 도스토옙스키는 1860년대 제정 러시아 말기의 광적인 혼란 상황을 악마적인 허무주의자 스타브로긴과 이상적인 급진론자 베르호벤스키, 필연적인 자살론자 키릴로프 같은 청년들의 욕망과 행태를 통해 희화

화하고 있는데, 여기에서 악령이란 기형적인 사상과 파괴적인 행동으로 스스로 파멸에 이른 일당을 뜻한다. '홀린' 사람들, '들린' 사람들이 그들이다. 도스토옙스키의 『악령』은 광란의 시대와 그 시대를 비이성적으로 살아갈 수밖에 없었던 모순적인 청년들을 비판하는 데 그치지 않는, 정화 淨化의 의미를 담고 있다.

　　『나귀 가죽』은 발자크가 검 대신 펜으로 인간 세계를 변화시키려는 야망으로 쓴 총체소설 『인간희극』의 출발점으로, '소원을 들어주는 마법의 가죽' 이야기이다. 『나귀 가죽』의 주인공 역시 『악령』의 스타브로긴이나 키릴로프처럼 발랑탱이라는 청년이다. 발랑탱은 1830년 7월 혁명이 휩쓸고 지나간 파리에 살고 있다. 파리는 혼란 속에 새로운 체제를 모색하는 과도기로 정치 과잉의 시대, 자본 과욕의 시대이다. 발랑탱은 실연의 상처로 생의 의미를 잃고 자살 생각뿐이다. 사랑하는 여인 페도라에게 바친 과도한 열정이 실패로 끝났기 때문이기도 하지만, 페도라를 통한 사교계, 곧 세계로의 진입이 무위로 끝났기 때문이다. 오직 죽음의 악령에 들려 있는 그 앞에 웬 골동품상 노인이 나타나 솔깃한 제안을 하는데, 내용인즉슨, 노인이 건네는 가죽을 가지고 원하는 것을 빌면 무엇이든지 다 이루어진다는 것이다. 다 죽어가던 청년 발랑탱은 페도라를 향한 정념으로 나귀 가죽을 손에 놓는데, 이때 노인이 단서를 단다. 소원을 말할 때마다 그만큼 목숨이 줄어든다는 것. 발자크가 『나귀 가죽』으로 전하는 메시지는 분명하다. 욕망하되, 대가를 치르라는 것.

소설은, 세간에서 쉽게 말하듯, 한갓 지어낸, 허황한 이야기가 아니다. 도스토옙스키와 발자크가 평생을 바친바, 소설은 인간을 이해하는 척도이자 진실을 향한 지난한 길이다. 19세기 소설에서나 등장할 법한 악령 들린 사람들이 연일 우리 앞에 불려 나오고 있다. 무소불위로 저지른 죄의 대가를 제대로 치르게 할 수 있을지 염려하며 두 눈 뜨고 지켜보는 것조차 고통이고 지옥이다. 그러나 그럼에도 불구하고 삶은 계속된다. 상처 입은 마음을 보듬어 위로하고, 한 줌의 도덕이나마 소중히 지키며, 정상적인 삶을 회복하기 위한 연대를 구축할 때다.

2016년, 겨울, 파리

　　파트릭 모디아노는 기억 또는 추억을 질료로 끊임없이 소설을 써온 작가로 잘 알려져 있다. 『어두운 상점들의 거리』, 『서커스가 지나간다』, 『팔월의 일요일들』, 『추억을 완성하기 위하여』 등, 작가가 된 스무 살 어름부터 그가 발표한 많은 장편소설은 기억을 찾아가는 여정, 추억의 산물들이다. 『추억을 완성하기 위하여』는 원제가 『가족수첩』인데, 한국어로 번역되는 과정에서 작가가 헌사로 삼은 르네 샤르의 "인생이란 하나의 추억을 완성해가는 집요한 과정이다"라는 시 구절에서 가져온 것이다.

　　모디아노뿐 아니라 작가란 기억 또는 추억

을 파먹고 사는 족속들이다. 그래서 세상의 모든 소설의 팔 할, 아니 그 이상이 기억에서 비롯된 것이고, 지금 이 순간에도 그들은 기억을 좇는 추억의 추적자, 기억을 찾고 있는 추억의 탐험가로 살아간다. 작가들이야말로 기억의 전문가들인 셈이다. 그렇게 된 연유는, 유년기에 정상적으로 누리지 못한 것들, 잃어버린 것들, 예외적으로 겪은 것들이 많기 때문이다. 모디아노의 경우, 이탈리아인 아버지와 벨기에인 어머니 사이에 파리에서 태어났지만, 부모가 파리 시민으로서 온전한 체류증을 갖지 못해서 매번 숨고 떠나는 불안정한 환경 속에서 자랐다. 그런 탓에 그의 유년기는 알수 없는 비밀스러움과 불안과 부재의 연속이었다. 모디아노는 자신의 생을 걸고 유년기의 불투명한 장막을 걷어내는 작업을, 곧 자신의 존재를 찾아가는 여정을 소설을 통해 필사적으로 해온 것이다.

태어나 한 살이 되었을 때 아버지를 암으로 잃은 탓에, 나의 유년기 역시 모디아노의 그것처럼 불완전했다. 모디아노에게 소설 쓰기는 아버지와 어머니의 잦은 부재로 인해 실종되었던 자신의 존재 찾기 여정으로서만이 아니라, 어려서 떠나보낸 하나뿐인 남동생을 추모하는 의

미로서도 필요했다. 『어두운 상점들의 거리』를 펼치면 도드라지게 눈에 들어오는 헌사 「루디를 위하여」가 그것을 말해준다. 모디아노는 추억을 무기 삼아 빼앗긴 삶을 되찾고, 새로운 삶을 완성해나갔다. 모디아노처럼, 나 또한 추억의 힘을 알고 있다. 그래서 틈만 나면 과거라는 우물 속으로 두레박을 드리우곤 한다. 속 깊은 우물(기억) 속에서 물을 가득 담고 두레박이 올라올 때마다 하나의 장면, 하나의 추억, 하나의 삶이 살아난다. 가깝거나 멀거나 수시로 과거로의 여행을 감행하자면, 두레박에 담긴 내용이 다채로워야 한다. 여행의 본질은 떠남에 있고, 떠남 속에는 돌발적인 사태와 우여곡절이 도사리고 있다. 이십 대 때부터 여행을 하나의 모험으로 여기며 여행자의 삶을 살아온 나는 그 돌발적인 상황을 적극적으로 맞이하는 편이다. 아니, 도전적으로 즐기는 편이다.

　　　지난 1월 파리에서의 일이다. 열일곱 살 때부터 품어온 꿈을 실현하기 위해 열아홉 살 겨울 프랑스로 떠난 아이를 보기 위해 비행기에 올랐다. 타국에서 외국인으로 공부하며 혼자 삶을 꾸려나가는 것이 얼마나 많은 시련과 절망을 겪어야 하는지, 그런 만큼 용기와 응원이 필요한지 알기에 늘 애면글면 애틋해하던 차에, 파리에서 연쇄적으로 테러가 일어나 하루하루 바늘방석처럼 불안하게 보낸 끝이었다. 겨울의 파리 날씨는 건강하던 사람도 뼛속 깊은 외로움과 우울을 겪을 정도로 음습하기로 유명했고, 테러의 공포가 일상을 잠식해, 급기야 아이는 과도한 학업 스트레스와 우울로 건강을 잃고 위태롭게 연명하고 있었다.

거의 매년 파리로 향하고, 샤를 드골 공항에 내렸지만, 이번처럼 불안한 적은 없었다. 공항에서 파리 도심으로 진입하는 고속전철 안에서도 언제 어디에서 터질지 모르는 테러의 공포에 불안은 계속되었다. 파리에는 유난히 북아프리카와 아랍 출신의 사람들이 많이 살고 있어서, 한번 의심의 눈으로 보니 눈 닿는 데마다 움직임들이 예사롭지 않게 여겨졌다. 시장에 가고, 거리를 걷고, 카페에 앉고, 미술관을 돌아볼 때 공포는 그림자처럼 따라붙었다. 파리 사람들은 평소처럼 일상을 되찾으려 노력했고, 그것으로 관용도 복수도 대신하려고 했다. 나도 그들의 리듬을 따라가며 열심히 아이에게 밥을 해주었다. 밥심 때문이었는지 아이는 혈색을 찾아갔고, 학업에도 열중했다. 아이의 집은 집이라기보다는 거처라고 할 만큼 작았다. 나는 모처럼 아이와 좁은 공간에서 동고동락했다. 테이블 하나로 책상과 밥상을 겸했고, 밤이면 그 테이블에 앉아 긴 이야기를 나누었다. 그러다가 어느 날 밤, 주말을 이용해 지방으로 짧은 여행을 떠나기로 했다. 아이가 파리로 떠나오기 전까지, 나는 아이가 어릴 때부터 캥거루처럼 품고 수많은 곳을 돌아다녔다. 소설을 위해 답사를 가야 하거나, 문학기행을 연재하기 위해 떠나야 할 때, 아이를 맡기고 떠날 수 없어 동행하는 경우가 대부분이었다. 지나고 보니 그때 그 순간들이 모두 아이와 내가 공유하는 추억이 되었다.

　　　　파리를 떠나는 날, 공항으로 향하는 발걸음이 가벼웠다. 보름 동안 파리에서의 체류는, 마지막 주말 열차를 타고 샹파뉴 지방으로 다녀온 여행으로 완성되었다. 샹파뉴는 샴페인의 본고장, 우리는 에페르네라는 작은 도시에서 하룻밤 묵기로 했다. 그리고 그날 저녁, 잘 갖춰입고 그곳 사람들이 사랑하는 식당에 찾아가 저녁 식사를 했다. 파리로 돌아와 아이는 삶의 감각을 되찾았고, 나는 두고 온 일상을 향해 한국행 비행기에 올랐다. 길은 끝났지만, 비로소 여행은 시작되었다. 김승옥의 「1964년, 겨울, 서울」처럼 '2016년, 겨울, 파리', 곧 추억이라는.

아셴 바하가 죽어갔던 해변의 모래밭을 걸었다. 내가
걷는 대로 흔적이 되어 따라왔다. 석양을 등지고
소년이 서 있던 바닷가까지 나아갔다. 석양은 사라지고,
돌아오는 길은 멀었다. 언제, 어디에서부터 눈물이
시작된 것일까.

리도 해변, 베네치아

단순한 마음

그리고 겨울이 되었다. 토요일의 삶을 잃어버린 지 한 달 하고도 열흘, 그사이, 가을 산야는 속절없이 불타올랐고, 광장에는 첫눈이 내렸다. 광장을 다시 찾았고, 어둠이 내린 거리를 낯모르는 이들과 어깨를 나란히 맞대고 촛불을 들고 걸었으며, 월요일이면 어김없이 출근을 했다.

어제 정오 수업에서는 스베틀라나 알렉시예비치의 소설들과 김탁환의 최근 소설에 대한 학생들의 발표가 있었다. 알렉시예비치의 『전쟁은 여자의 얼굴을 하지 않았다』, 『체르노빌의 목소리』와 김탁환의 『거짓말이다』는 장르적으로 '소설'로 분류되지만, 내용적으로는 다큐멘터리(르포르타주)에 가깝다. 알렉시예비치의『전쟁은 여자의 얼굴을 하지 않았다』는 전쟁과 원전 사고를 겪은 구소련권인 우크라이나와 벨라루스의 체르노빌 지역에 살았거나 살고 있는 200명의 다양한 여성들의 목소리(인터뷰)로 구성되어 있다. 김탁환의『거짓말이다』는 자살로 생을 마감한 고故 김관홍 민간 잠수사의 탄원서 내용을 추적해가는 과정을 통해 세월호 참사의 진실에 접근해간다.

소설은 픽션, 곧 허구이다. 그러나 아무리 천부적인 재능을 발휘한다 해도, 현실의 생생한 이야기를 감당할 수 없는 경우, 곧 현실이 픽션을 압도하는 경우가 발생한다. 광주 출신 작가 임철우의 1980년 5월 광주 이야기, 알렉시예비치의 전쟁과 체르노빌 이야기, 그리고 김탁환의 진도 팽목항 세월호 이야기가 그것이다. 재난 참사 소설을 읽을 때 독자는 "이것은 소설인가?", 소설 속 인물들을 만나면서는 "이것이 인간인가?" 하고 끊임없이 자문한다.

수많은 밤 이러한 질문들과 맞서며 혼신의 힘으로 써온 것이기에, 학생들의 발표는 뜨겁고, 감동적이다. 그들은 자신과는 무관한 것으로 여겨온 사건이 어느 순간 자신의 삶 한가운데로 육박해 들어오는 경험을 하고, 눈앞에 벌어진 사실 뒤에 은폐된 진실을 직시하고, 끝까지 외면하지 않고 주시하겠다는 다짐을 한다.

절규하는 목소리들을 온몸으로 겪고 온 날 밤에는, 아무것도 손에 잡히지 않는다. 그러다가 추스르듯 촛불 하나 켜놓고 플로베르의 소설을 펼친다. 펠리시테라는 한 여자의 일생을 그린 『단순한 마음』이다. 단순한 마음이란, 삶에 바치는 소박한 마음, 인간을 대하는 순박한 마음이다. 문학사에서 대가로 추앙받는 플로베르가 말년에 발표한 소설인데, 주인공이 펠리시테라는 프랑스 북부 작은 포구 마을에 사는 가정부이다. 플로베르는 이 여성을 통해 무엇을 말하고자 했을까. 그녀는 착한 마음씨와 옳은 일에 헌신하는 뜨거운 정신의 소유자일 뿐, 털끝만큼도 사심私心을 거느리지 않은 견결한 여성이다. 그녀의 일생을 둘러싸고 커다란 사건이 벌어지지 않음에도 읽어갈수록 인간에 대한 진실한 마음을 경험해서인지 깊은 여운이 남는다.

다시 토요일은 돌아오고, 올곧은 마음으로 평범하게 살아갈 수 있는 날은 언제나 가능한 걸까. 그날을 하루빨리 앞당기기 위해서라도 매서운 겨울바람에도 물러서지 않도록 마음을 다잡을 일이다.

아르토의 편지질이 의미하는 것

10년 전부터 잔혹극의 창시자 앙토냉 아르토의 족적을 좇고 있다. 그는 프랑스 지중해의 항도 마르세유 출신으로 스무 살 무렵에 파리로 상경하여 연극과 영화판에 입문했다. 고등학교 때부터 시를 써온 그는 프랑스의 대표적인 출판사인 갈리마르가 펴내는 문예지 《NRF》에 투고했다가 게재 거부 편지를 받았다. 문학 강국인 프랑스는 한국처럼 신춘문예나 문예지 공모가 활발하게 작동되지 않는 대신, 출판사에서 연중 작품을 투고받는다. 출판사는 투고된 작품을 정기적으로 읽고 선별하는 선정위원들을 구성하여 운영하고 있는데, 앙드레 지드나 미셸 투르니에, 파스칼 키냐르 같은 세계적인 작가들이 신인 발굴에 중요한 역할을 했다.

앙토냉 아르토는 연극인이자 영화배우, 비평가로 활동했지만, 시인으로는 문단의 공식적인 평가를 받지 못했다. 그는 《NRF》에 시를 투고하는 한편, 소책자 형식으로 소량 자비 출판해서 스스로 시인임을 세상에 드러냈는데, 문단도 독자도 아무 반응이 없었다.

아르토는 무성영화 시대였던 당시 주목받는 젊은 배우였고, 앙드레 브르통과 함께 초현실주의 선언문을 작성할 정도로 파리 문학예술계에서 두각을 나타냈다. 그러나 시에 대한 열망을 꺾을 수 없었고, 그것이 《NRF》에 투고 행위로 이어진 것이었다. 그는 끝내 시인으로 정식 등단을 하지는 못했지만, 투고한 시 중 한 편인 「고함」은 《NRF》에 실렸다. 그런데 시詩란이 아닌, 편집장이 예외적으로 지면을 마련한 '편지' 속에 액자처럼 끼워진 형국이었다.

사연인즉슨 이러하다. 《NRF》의 편집장 자크 리비에르는 투고자 아르토에게 그의 시가 게재될 수 없는 이유를 편지로 보냈다. 우리의 신춘문예나 문예지 공모에서는 당선작과, 최종적으로 당락을 겨룬 작품들에 대한 심사

평을 공개적으로 밝힐 뿐, 투고자들에게 낙선 이유를 보내주지는 않는다. 프랑스도 예외는 아니다. 그런데 아르토의 경우가 발생한 것이다. 자크 리비에르가 쓴 게재 불가 편지로 인해 두 사람 사이에 열한 통의 서신 왕래가 이루어졌고, 그중 한 편이 《NRF》에 실리는 희귀한 일이 벌어졌다.

자크 리비에르가 아르토에게 보낸 첫 번째 편지 내용은 게재 불가지만, 시의 작가인 아르토를 만나보고 싶다는 것이었다. 이에 대해 아르토는 자신의 시를 해명하는 장문의 답장을 보내면서 게재 불가 사유를 청했고, 그 결과 자크 리비에르로부터 자신의 시가 게재되기에는 "서툴고, 당혹스러울 만큼 이상한 표현들"로 이루어져 있다는 평을 들었다. 자크 리비에르는 아르토를 만난 지 1년 후에 사망하고, 새로운 편집장 장 폴랑이 아르토를 상대하는데, 전임자와는 달리 그는 아르토의 비상한 언어 파편들을 열렬하게 경청했다. 그러나 그렇다고 아르토가 시인으로 평가받은 것은 아니다.

수전 손택이 고백한 것처럼, "어떤 작가들은 읽히지 않기 때문에, 본래 읽기가 불가능하기 때문에 문학적·지적 고전이 된다."(수전 손택, 『해석에 반대한다』, 이민아 옮김, 이후, 2002). 아르토는 선천적 매독증과 정신분열증, 그리고 남서증을 앓았다. 남서증이란 과도하게 편지질을 해대는 것을 말한다. 끝내 시인으로 인정받지 못한 탓인지 그는 죽는 날까지 할 수 있는 모든 방법을 동원해서 수많은 사람에게 편지를 썼다. 렘브란트와 나혜석이 자화상을 그림으로써 자신의 삶을 이어갔듯이 아르토는 편지를 씀으로써 자신의 존재 이유와 가치를 증명해낸 셈이다.

아르토의 정신과 육체는 전기 충격과 안정제용 마약(아편) 복용으로 해체되고, 흐물흐물 녹아내렸다. 그의 극도로 분열된 의식과 파편적인 언어를 질서정연하게 재구성하여 내놓은 철학자는 들뢰즈이다. 그의 대표적인 철학 주제인 노마디즘의 기관 없는 육체론은 바로 아르토의 파편적인 글 조각들, 편지에서 비롯된다.

4월이면 신춘문예로 세상에 나온 신인 작가들이 두 번째 작품을 선보이기 시작한다. 야생의 감각과 에너지를 품은 그들의 문장을 읽으면서 아르토를 떠올리는 것은 봄날의 환각 때문만은 아니다. 고통과 황홀이 공존하는 그들의 앞길에 사랑과 인내, 축복이 있을진저.

보들레르를 만나는 시간

        파리에 가면 찾아가는 집이 있다. 그 집에
는 시인과 그의 어머니, 그리고 그녀의 남편이 살고 있다.
방금 쓴 이 문장은 어감이 어색하게 들릴 수 있다. 시인의
아버지가 아니라 '어머니의 남편'이라 했으니. 처음 주소
를 들고 찾아갔을 때, 그 집에 시인만 사는 줄 알았다. 여
기에 함정이 있었다. 주소지에 이르자 기대했던 문패가 선
뜻 눈에 들어오지 않았다. 주위를 빙빙 돌았다. 낮이 긴 여
름날 오후였고, 나는 이십 대 청춘 시절의 끝자락에 도달해
있었다. 그곳을 꿈꾼 지 10년이 되어가는 즈음이었다. 나를
그리로 이끈 그의 외침이 귓전에 메아리쳤다. '이 세상 밖

이라면 어디라도.' 이어 사르트르의 속삭임도 따라붙었다. '그는 자신에게 합당한 삶을 영위하지 못했다.' 헛발질로 끝날 수는 없었다. 나는 다시, 처음부터 다시, 길 끝으로 돌아가 구역구역 마을을 이루고 있는 수많은 돌집의 문패를 일일이 확인했다.

무엇을 찾을 때 눈앞에 두고도 알아보지 못하는 경우가 있다. 그럴 경우, 낭패감 속에, 무엇인가, 정보가 잘못되었다고, 또는 그사이 변했다고 의심한다. 그날처럼 내가 오랜 세월 가슴에 품고 찾아간 주소의 집들은 대부분 숨바꼭질이라도 하듯 한 번에 찾아지지 않았다. 주소가 가리키는 곳에 정확하게 가 섰으면서도 즉시 알아보지 못하거나, 지나쳐서 다시 되밟아 우회해야 했다. 결과적으로 내가 손에 들고 있던 주소들은 어긋난 적이 거의 없었다. 그 자리에서 꼼짝 않고 나를 기다리고 있었다. 그렇게 찾아간 곳에는 특별한 사람이 살았다. 그는 죽어서도 살아 있는 사람, 살아 있는 사람보다 더 강력하게 '지금 이곳, 이 순간' 깨어 있는 사람, 누구에게나 적용되는 시간의 법칙으로부터 자유로운 불멸의 존재였다. 샤를빌메지에르의 랭보, 프라하의 카프카, 빈의 베토벤, 루르마랭의 카뮈, 그리고 파리의 발자크, 사르트르, 보들레르 등이 그들이다.

　　　　　파리에 가면, 노천카페와 소극장들을 지나 몽파르나스 묘원에 있는 시인 샤를 보들레르를 찾아간다. 그는 의부 오픽가家의 가족묘에 어머니와 함께 묻혀 있다. '이 세상 밖이라면 어디라도'를 외치며 떠도는 구름처럼 이방인으로 살았고, "유언도 싫고, 무덤도 싫다"라던 그였다. 거대한 날개로 하늘에서는 늠름한 왕자이지만, 지상에서는 괴상하게 큰 그 날개로 인해 뒤뚱거리며 걸을 수밖에 없어 놀림감이 되어버리는 알바트로스처럼, 그는 시의 세계에서는 시인들의 왕이었으나 인간 세상에서는 평생 골칫덩어리 탓이었다. 누가 파리에 간다면, 혹여 몽파르나스의 그를 찾아간다면, 청춘 시절의 나처럼 눈앞에 두고도 알아보지 못하는 일이 없도록 그 집의 문패 읽는 법을 귀띔해주곤 한다. 그리고 한 가지 더, 황현산의 번역과 안내로 우리 앞에 새롭게 나타난 그의 산문시집 『파리의 우울』(문학동네, 2015)과 꼭 동행하기를 권한다.

소설은 자기 안에 억눌린 자아에 귀를 기울이고, 숨을
터주는 것부터 출발한다. 차마 보여주기 부끄럽지만,
드러내놓고 나면 마음이 가벼워지고, 자유로워진다.

가브리엘의 창, 불로뉴비앙쿠르, 일드프랑스

간절곶에 두고 온 마음

　　간절곶에 가리라, 마음먹은 지가 몇 해째였다. 간절곶에 가자, 문청들과 약속한 지도 몇 달째였다. 지난 토요일, 그 마음들을 모아 간절곶으로 향했다. 등대 가까이, 해변에 자리 잡고 앉아 요즘 읽은 한국 소설들 이야기를 나누기로 했다. 근래에 발표된 단편소설들이었다. 해운대에서 간절곶까지 35킬로미터 남짓, 자동차로 40분 정도 거리였다. 오래 마음에 품었던 것에 비해 너무 가까워서 놀랐다.

　　일광日光, 임랑林浪, 월내月內……. 간절곶으로 가는 동안 마주치는 지명들은 해와 달, 그리고 바다와 관런이 깊었다. 해안선을 따라 부산진에서 해운대를 거쳐 울산, 경주에 이르는 동해남부선 열차가 운행되고 있는데, 가끔 무궁화호 열차를 타고 경주로 가다가 창밖으로 이 아름다운 이름들을 스치고 지나갈 때면, 그리운 곳의 이름을 불러보듯 가만히 읊조리곤 했다. 바다와 관계된 그리움이라면, "서西로 멀리 기차 소리를 바람결에 들으며, 어쩌다 동해 파도가 돌각담 밑을 찰싹대는 H라는 조그만 갯마을"(오영수, 「갯마을」 지만지, 2012)의 주인공 해순이의 마음속 간절함이 떠올라 자연스럽게 되새겨졌다. 바로 소설 속 'H라는 조그만 갯마을'이 내가 지나가고 있는 일광을 무대로 삼고 있기 때문이었다. 나고 자란 갯마을을 스물셋 청상과부가 되어 떠난 해순에게는 그리움이 사무쳐 보이는 것마다 미역으로 보이고, 가는 곳마다 바다로 보일 정도였다.

서정적인 묘사로 시―소설이라 불리는 오영수의 「갯마을」은 바다가 가진 강한 생명력과 갯마을 사람들의 원시적인 토속성이 동해 바닷가 특유의 장소성을 통해 발현된 것인데, 시정詩情 넘치는 소설 속 정경은 이제 현실에서는 찾아보기 힘들었다. 일광 전후, 간절곶에 이르는 길은 민자 고속도로와 고가도로가 거침없이 놓였고, 몇몇 운치 있던 역들은 새로운 역사가 건립되어 이전했고, 초특급 호텔과 명품 쇼핑몰과 저택들과 카페들이 일대를 점령하며 숨 가쁘게 진행되고 있었다. 그리고 무엇보다, 월성원자력발전소를 비롯해 관계 시설이 대규모로 자리 잡고 있었다.

간절곶이란 '원하고 기리는 절실한 마음'이 아닌, 배를 타고 먼바다로 나갔다 돌아오던 어부들의 눈에 곶의 형상이 '긴 간짓대처럼 보였다'라는 데서 유래한다는 것을 등대에 이르러 알았다.

간절곶에는 왜 가려고 한 것일까.

어떤 간절한 마음을 헤아려보고자 애썼던 것일까. 일광, 임랑, 월내……. 도로 표지판에 새겨진 아름다운 지명들을 지나면서도 모종의 피로감을 느꼈다. 곳곳에서 맥을 끊고, 파헤치며 공사 중인 현장을 목도하면서 사나워진 마음결을 다스리느라 힘이 들었나 보다. 등대를 저만치 두고 완만한 언덕을 내려갔다. 구름 한 점 없는 창공에는 정오의 태양이 빛나고 있었다. 해변에는 거뭇한 조약돌이 깔려 있었고, 너머에는 억새들이 줄지어 흔들리고 있었다. 몸에 밴 오랜 습관처럼 조약돌을 하나 주워 손에 쥐어보았다. 체온처럼 따뜻한 기운이 마음을 온화하게 어루만져 주었다. 해운대로 돌아오는 길, 아끼는 무엇을 두고 온 것처럼 자꾸 마음이 간절곳으로 향했다.

소설로 차린 저녁 식사

주말 저녁, 연희문학창작촌에서는 이색 파티가 열렸다. '문학, 번지다' 프로그램의 일환인 '문학키친'의 종강 자리였다. 독자 10명이 소설에 등장하는 음식을 직접 요리해 음미하며 주인공의 심리와 서사의 흐름을 체험하는 기획이었는데, 마지막 시간에 재현한 식탁은 나의 단편 「저녁 식사가 끝난 뒤」였다.

음식이 소설에서 의미심장하게 등장하게 된 것은 21세기에 들어와서이다. 영국의 소설가이자 문예비평가인 E. M. 포스터의 견해에 따르면, 소설에서 음식의 역할은 등장인물들을 한 자리에 모으는 미미한 정도에 불과했다. 포스터가 대상으로 삼은 소설들이 20세기 전후에 생산된 작품들이라는 한계가 있지만, 몇몇 작품을 제외하고는 드물었다.

음식으로 주인공의 심리를 대변하고 서사의 흐름을 진전시키는 유럽의 인상적인 소설들로 귀스타브 플로베르의 『마담 보바리』, 마르셀 프루스트의 『잃어버린 시간을 찾아서』, 귄터 그라스의 『양철북』, 그리고 로알드 달의 『맛』 등이 있다.

플로베르는 욕망의 화신으로 엠마를 현대 소설사의 첫 주인공으로 등재시키며 음식과 의상, 액세서리 같은 기호품들을 절묘하게 배치한다. 엠마는 순박한 샤를 보바리를 향한 첫 욕망의 표현으로 달콤한 디저트 와인을 나누어 마신 뒤, 혀끝으로 잔에 남은 한 방울까지 핥아 마시는 과감한 행동을 드러내 보인다. 프루스트는 주인공 마르셀이 마들렌을 홍차에 적셔 한 입 베어 무는 순간 어린 시절 그 과자를 내주던 시골 고모 댁이 떠오르면서 그 시절의 에피소드들이 뭉게구름처럼 끝없이 피어나는 거대한 회상담을 펼쳐 보인다. 그라스는 그로테스크 리얼리즘 작가답게 주인공 오스카 어머니의 비정상적인 사랑의 상징물로

뱀장어를 등장시켜 광적으로 일그러진 장면을 연출한다. 천부적인 이야기꾼 달은 초대객 프랏이 와인 시음으로 생산지를 알아맞히는 내기에 주인집 딸을 걸도록 유도한다.

한국 소설에서 음식이 의미심장하게 각인된 작품은 김채원의 「겨울의 환」에서의 동치미이다. 이 소설에서 동치미는 프루스트의 마들렌에 버금가는 기억(환각, 헛것)의 매개체이다. 21세기 들어서는 보다 자주 등장하는데, 필자의 『아주 사소한 중독』에서 혀 이외의 감각을 마비시키는 다채로운 케이크의 달콤한 맛, 천운영의 「멍게 뒷맛」에서 옆집 여자가 남편에게 매를 맞고 와서 함께 먹는 멍게의 도돌도돌하고 새콤한 맛, 김애란의 「하루의 축」에서 청소부 기옥 씨의 고단한 삶과 대비되는 프랑스 전통 과자 마카롱의 "깊고 그윽한 단맛", 천명관의 『퇴근』에서 노숙자 아비 앞에서 어린 아들이 허겁지겁 먹는 햄버거, 그리고 김영하의 「아이를 찾습니다」에서 유괴당했다 되찾은 아들의 입맛을 확인하느라 주문한 짜장면 등 다양하다.

이번 문학키친의 종강 작품인 『저녁 식사가 끝난 뒤』는 순남 씨 부부가 바다색이 조금이라도 남아 있는 시간에 맞춰 전국 각지에 흩어져 사는 지인들을 초대해

정성스레 식사를 대접하는 과정을 그리고 있다. 여기에서 초대객들은 P선생을 매개로 맺어진 인연들인데, 그들을 모이게 한 P선생은 정작 세상을 뜨고 없다. 그날의 파티는 P선생을 추모하는 형식의 저녁 식사 자리인 셈이다. 문학키친의 독자들은 소설 속 순남 씨 부부처럼 음식을 만들어 지인들을 초대했고, 나도 그들 중 한 사람이었다. 때로 소설이 삶을 이끌기도 하는데, 문학키친의 저녁 식사 초대가 그러했다. 다음은 어떤 소설이 뜻밖의 만남을 기약해줄까.

기자와 소설가

바야흐로 신춘문예 계절이다. 12월 신문사 문화부에는 국내외에서 투고한 창작품들로 산더미가 만들어지는 진풍경이 벌어진다. 문학이 죽었느니, 자기계발서 이외에 아무도 시, 소설 나부랭이는 쓰지도 읽지도 않는다느니, 하는 진단과 종언을 무색하게 하는 희귀한 장면이다.

매일 눈을 뜨고, 감는 순간 자문한다. 왜 쓰는가. 덧붙여, 누가 쓰는가. 소설가들이란 '나는 누구이고, 왜 사는가'라는 질문에 심하게 흔들린 사람들이다. 소설이란 질문을 던지는 행위이자 해답을 찾는 과정이다. 해답은 찾아질 수도 있고, 찾아지지 않을 수도 있다. 현대 소설의 주인공들은 늘 길을 떠나지만, 아득한 과거, 아름다운 시절의 주인공들처럼 집으로 돌아오지 못하고, 끊임없이 표류할 뿐이다. 현대 소설의 대상이 동시다발적이고 다중심 매체 환경의 인간이기에 일목요연한 정답을 기대하는 것은 무의미하다.

소설가의 머릿속에는 어딘가에 있을 법한 바람직한 나와 세상의 의미로 가득 차 있기에, 대개 현실에서는 부적응자로 치부된다. 아무리 찬란한 권력이 보장된다고 해도, 한번 소설가의 자의식에 사로잡히면, 돌아올 수 없는 강을 건넌 것으로 보아야 한다. 파리 법대를 자퇴한 귀스타브 플로베르, 프라하 법대 출신의 프란츠 카프카, 파리 법대 출신의 마르셀 프루스트, 그리고 콜롬비아대학 출신의 폴 오스터 등이 대표적이다.

그렇다면 누가 소설가가 되는가. 20세기에는 분명한 기준이 있었다. 일단, 장남이 아니어야 했다. 골방에 틀어박혀 읽고 쓰거나, 세상을 떠돌아다녀도 먹고사는 데 지장이 없을 만큼의 유산이 보장되어야 했다. 전쟁이나 보릿고개 체험, 육친의 죽음이나 근친상간 같은 원체험의 불행한 상처가 삶을 위협할 정도로 강력해야 했다. 소설가가 되는 조건에서 장남이 제일 먼저 제외된 것은 가부장제의 전근대적인 관습 때문이었다. 장남은 집안의 기둥으로, 세상에 나가 이름을 떨치고 가족을 부양하는 데 의의가 있었다. 청소년기 감성의 시기에서 현실감각을 체득하는 성인 남성의 세계로 진입하는 과정에 쓰기의 표현 욕망과 지면紙面의 인정 욕구를 충족시킨 매력적인 직종이 예외적으로 존재했다. 바로 신문기자였다.

　　　　현대의 속성은 견고한 것들이 촛농처럼 녹아내리고, 깃털처럼 부유하는 세계이다. 21세기의 시공간은 더 이상 하나가 아니기에 어떤 것도 고유하지 않다. 세상의 이목을 집중시켰던 신문 지면의 힘은 인터넷 매체 환경에서 산산이 흩어졌다. 오로지 문학만이 덧없음에 맞서 내가 겨우 존재한다는 것을, 세상이 때로 아름답다는 것을 되새겨줄 뿐이다. 일찍이 그것을 터득한 기자 출신 작가가 20세기의 헤밍웨이, 카뮈, 김훈이고, 오늘의 장강명이다.

　　　　소설가란 단 한 순간도 쓰지 않으면 사는 데 의미가 없다고 자각한 사람들이다. 그런데 그것은 작가만의 운명이 아니다. 모든 인간의 속성이되, 대부분 쓰지 않을 뿐이다. 신춘문예의 계절, 새로운 작가의 탄생을 기리며

새삼 작가의 의미를 되새겨본다. 다시, 펜을 들어야 할 순
간이다.

때로는 벅차게 용솟음치며 희열을 느끼고, 또 때로는
절망적으로 고통을 겪으며, 우여곡절 끝에 도달한
세밀, 나 자신과 가족, 친구들을 위한 따뜻하고 강인한
이야기, 사랑에 관한 긴 이야기가 간절하다.

알혼섬, 바이칼, 러시아

박경리와 『토지사전』

11월의 마지막 토요일, 원주로 향한다. 원주에 다녀오면, 가을이 끝나고 겨울이 시작될 것이다. 원주에는 왜 가는가? 누군가 물을 수도 있다. 이 질문은 단지 지금뿐 아니라, 10년 전에도, 그 전에도 있어왔다. 내게 원주의 의미는 박경리 선생님의 세계로 통한다. 처음 선생님을 뵌 것은 1990년대 중반 솔출판사 편집자 시절, 원주에서였다. 원주 이전 선생님은 서울 정릉에서 오래 사셨다. 정릉에서 '토지'라 제목을 얹고, 첫 문장 "1897년 한가위"로 운을 뗀 것이 1969년 어느 날이다. 선생뿐만 아니라 누구도 이 첫 문장을 쓰던 그 순간 이후, "외치고 외치며, 춤을 추고, 두 팔을 번쩍번쩍 쳐들며, 눈물을 흘리다가는 소리 내어 웃고, 푸른 하늘에는 실구름이 흐르고 있었다"(5부 4권)라는 마지막 문장의 마침표를 찍기까지 26년이 걸릴 줄은 상상하지 못했다.

소설가 한 사람이 발휘할 수 있는 창작력의 경계는 어디까지일까. 바티칸의 산 피에트로 대성당과 함께 대성당의 역사에서 세계인의 사랑을 받는 곳이 파리의 노트르담 대성당이다. 고딕식 웅장한 쌍탑을 거느린 이 대성당은 12세기 첫 주춧돌을 놓은 이래, 여러 우여곡절을 겪으며 천 년 가까이 단장을 거듭했는데, 세계적인 명소로 사랑받기 시작한 결정적인 계기는 빅토르 위고의 소설『파리의 노트르담』에서 비롯된다. 이 작품은 위고의 또 다른 걸작『레 미제라블』과 함께 뮤지컬, 영화 등 다양한 장르로 각색되어 전 세계 대중들을 사로잡으면서 1831년 출간된 이래 현재까지 엄청난 부가가치를 후세에 물려주고 있다.

박경리 선생의 『토지』는 1994년 8월 15일 완성되었다. 완간 이후 20년 동안 『토지』는 한국 소설 역사상 가장 강력한 문화력을 형성하며 새로운 영역을 개척해나가고 있다. 한국 최초로 거주하며 창작할 수 있는 집필실을 제공하는 창작 레지던스 '토지문화관'의 건립과 운영, 국내 작가에서 세계 작가로 범위를 넓혀 심사하고 수여하는 박경리문학상 등이 대표적인 사례이다. 나는 이들 사업에 비해 규모가 작지만, 개인적으로 큰 의미를 두고 있는 사업으로, 한국 최초의 소설 어휘 사전인 『토지사전』을 꼽는다. 『토지사전』은 1994년 봄에 기획되어 연구자, 소설가, 편집자가 4년에 걸쳐 합동 작업한 끝에 1997년 10월 출간되었다. 이 기념비적인 사전에는 수많은 등장인물과 사건, 장소들이 지방의 삶의 언어인 사투리와 방언을 포함한 어휘(2,515개), 속담(438개), 관용구, 풍속 및 제도(179개), 주요 등장인물(104명), 사건(130건) 등이 별처럼 아로새겨져 있다. 나는 평소 경상남도에서 만주까지, 1850년부터 1945년까지 격동의 한국 근현대사를 '사람살이를 중심으로' 경험하고 싶으면 『토지』를 읽으라고 권하곤 한다.

작년 이맘때에도 원주에 갔었다. 『토지』에 등장하는 104명의 인물 중 '봉순이' 이야기를 들려주기 위해서였다. 이번에는 『토지사전』을 펼쳐서, 선생님이 영면해 있는 통영 어름의 삶의 언어로 한 상 차려볼까 한다. 우리의 정겹고 깊은 말맛이 그리운 분들이여, 원주로 오시라!

필경 60년, 혼의 울림

내가 소설가가 된 것은 진로에는 없던 전혀 뜻밖의 사건이었다. 불문학도였던 나는 책상에서 외국어와 씨름하며 공책이나 종이쪽지에 무엇인가를 끄적거리곤 했다. 어느 날, 어떤 충동에 이끌려 시詩 같은 것을 썼다. 마침 대학문학상이 공모 중이어서 투고했다. 그리고 잊었다. 그런데 연락이 왔다. 그것을 계기로 문예지의 청탁을 받는 기이한 일이 벌어졌다. 고백하자면, 그날까지 나는 세상에 문예지라는 것이 있는 줄도, 그곳에서 무슨 일이 일어나고 있는 줄도 몰랐다. 글을 써서 살아가야 하는 운명이 일찌감치 점지되어 있었던 것인지, 대학문학상이 매개가 되어 나는 문예지라는 미지의 영토에 발을 들였다. 거기에서 한국문학이라는 살아 꿈틀거리는 세상을 만났고, 압도당했다. 그 한가운데에 김윤식이라는 거목이 자리 잡고 있었다.

　　　　대학 졸업과 동시에 문예지와 인문학 출판사의 에디터로 10년간 재직하면서 수많은 책을 편집하고 기획했다. 그중 단일 저자로 가장 많은 책을 편집한 대상이 김윤식 선생의 저작들이었다. 『임화연구』(문학사상사, 1989)에서 시작해서 『개정증보 이광수와 그의 시대』(솔, 1999)까지 10년간이었다. 그사이 나는 선생의 문학기행서 『환각을 찾아서』(세계사, 1992)와 『천지 가는 길』(솔, 1997)과 선생의 회갑을 기념하여 시, 소설, 작품, 작가, 비평, 예술기행의 여섯 항목으로 정리한 『김윤식 선집』(솔, 1996) 출간 작업에 참여했다. 이 시기 나는 한국문학, 특히 소설을 향한 선생의 열정과 고민, 고통과 희열을 가까운 거리에서 지켜보면서, 내가 "메뚜기나 여치가 아닌 인간으로 태어난 것"을, 다른 무엇보다 "문학을 업業으로 살아가게 된 것"에 감사했다. 그리고 단 한 번도 소설가를 꿈꾸지 않았던 내가 소설을 알아보고, 소설 쓰기의 욕망에 사로잡혔던 근거를 찾을 때면 선생의 월평을 처음 읽어가던 그 시절로 돌아가곤 했다. 문학을 대하는 선생의 자세와 삶을 통해 문학 안에서 곧게 살아가는 법을 배웠고, 성실함과 지속성이야말로 시간에 맞서는 유일한 길임을 깨달아갔다.

　　지금 남산 자락에 위치한 한국현대문학관에 가면 세계문학사상 초유의 전시회가 열리고 있다. '읽다 그리고 쓰다―김윤식 저서 특별전'. 60년을 하루같이, 같은 시간, 책상에 앉아 혼신의 힘으로 읽고 쓴 글쓰기의 산 역사가 거기 펼쳐지고 있다. 소책자 형식으로 제작된 도록 『읽다 그리고 쓰다』를 펼치면 '필경筆耕 60년, 200여 종의 책, 200자 원고지 10만 장'에서 울려 나오는 혼魂의 울림이 아로새겨져 있다. 한 자 한 자 읽다가 아득하여 목이 멨다. 어느 날 홀연히 남산에 가야겠다.

　　　나의 길동무여,

　　　소금기둥이 되기 전에 떠나라.

　　　언젠가 군이 그릴 그림들을

　　　내가 보지 못할지라도 섭섭해 마라.

　　　군의 그림은 군만의 것.

　　　그게 그림의 존재 방식인 것을.

자, 이제 지체 없이 떠나라.

나의 손오공이여, 문수보살이여.

혼자서 가라. 더 멀리 더 넓게.

—김윤식, 「읽다 그리고 쓰다」, 강, 2015

문학으로 함께 살아간다는 것

어느덧 한 해의 끝에 도달했다. 매년 이맘때면 미필담 문학 파티를 연다. 미필담美筆談은 내가 부산에 내려와 마련한 소설 창작과 담론 연구 소모임이다. 소설 창작자이자 연구자로 살아오면서 축적한 경험을 공유하는 의미에서 출발한 것인데, 10년이 되어간다. 미필담에서는 소설을 쓰기도 하고 읽기도 한다. 세미나실에서, 카페에서, 도예 아틀리에에서, 포구에서, 풀밭에서 세 시간 동안 소리를 나누어 소설을 읽을 수 있는 곳이라면 어디든 가리지 않고 달려간다.

지난 2년 동안 미필담에서는 방학마다 마르

셀 프루스트의 『잃어버린 시간을 찾아서』를 낭독했다. 매주 세 시간씩 모여 소리 내어 읽었는데, 두 번의 여름과 겨울이 지나갔고, 열한 권 중 두 권에 도달했다. 어떤 설명도 없이 그저 목소리를 나누어 읽어갔을 뿐인데, 세 시간이 지나고 나면 모두 행복감이 번져 충일한 얼굴들이다.

소설은 변화하는 사회 양태에 가장 민감하게 반응하는 장르이다. 20세기의 소설가에게는 소설 쓰는 일이 소명의식의 실천, 곧 천직이자 업業의 발현이었다. 이때 소설은 예술(작품), 사상(철학)의 의미가 컸다. 21세기의 소설가는 여느 직업 종사자와 다르지 않은 생활인의 양상을 띤다. 소설이라는 상품을 생산하는 제작자의 개념이 우세해졌다. 예술 작품과 상품 사이를 오가는 소설의 속성을 돌아보며, 블룸즈버리라는 문학공동체를 통해 작가 활동을 했던 버지니아 울프의 『댈러웨이 부인』을 떠올린다. 이 소설은 작가의 이타적인 태도가 깊게 투영된 작품이다.

『댈러웨이 부인』은 여주인공 클러리사가 저녁 파티를 위해 꽃을 사러 가는 장면으로 시작해 하루를 보내는 이야기이다. 그녀에게 파티의 의미는 각별하다. 그녀는 "하루를 보내면서 받은 피로와 상처를 위로해주고 훈

훈한 미소를 나누는 화합의 장을 마련하는 것이 자신의 역할"(함정임, 『파티의 기술』, 봄아필, 2013)이라고 생각한다. 곧, '타인의 행복과 더불어 나의 기쁨을 구하는 것.' 소설에서 하루라는 시간은, 클러리사가 파티를 준비하는 아침부터 파티가 끝날 때까지의 열두 시간에 국한되는 것이 아니라 30년의 세월을 오가는 회상의 여정이다.

한 해를 마감하며, 클러리사처럼, 미필담 문학 파티를 위해 장을 보고 음식을 준비한다. 이날만은 세 시간 소설 읽기에 음식을 만들고 나누기가 더해져 여섯 시간을 훌쩍 넘긴다. 소설과 인접 장르의 만남이 이루어지기도 한다. 올해에는 이오네스코의 부조리극 「코뿔소」와 동명의 원작 소설을 읽고, '기만에서 깨어나기'라는 특강이 준비되어 있다. 미필담처럼 전국에는 순수 문학공동체들이 있다. 1박 2일 동안 한 작품을 소리 내지 않고 밤새워 함께 읽는 묵독 모임이나 느리게 읽어가는 슬로 리딩 모임, 도시 속의 오아시스처럼 방 한 칸을 열어놓고, 낯선 타인이지만 몇 시간 자기 서재처럼 머물며 읽다 가도록 무료 제공하는 공간도 있다. 새해를 하루 앞두고, 소박하나마 문학으로 함께 살아가려는 애틋한 마음들을 되새겨본다.

달맞이 언덕은 달이 제일 먼저, 그리고 휘영청 밝게 떠오르는 곳으로 유명하다. 달과 마찬가지로 하늘과 바다 사이, 해가 떠오르는 순간과 빛의 흐름을 온몸으로 느낄 수 있는 곳이다. 한마디로 빛이 충만한 공간이다.

달맞이 언덕, 해운대

상트페테르부르크
도스토옙스키의 집에서

서재의 시곗바늘은 8시 38분에 멎어 있었
다. 1881년 1월 28일 밤, 도스토옙스키가 숨을 거둔 시각이
었다. 나는 얼른 서재를 일별했다. 시계는 검은색 직사각형
으로 창 쪽 원형 테이블 위에 올려져 있었다. 중앙에는 책
상이, 그리고 그 뒤에는 붉은 소파가 자리 잡고 있었다. 소
파에 눈길이 닿자, 말로 표현할 수 없는 감정이 북받쳐 올
라왔다. 서울에서 러시아로 날아오는 내내, 만 미터 상공의
비행기 안에서 숨죽이며 읽었던 도스토옙스키의 생애 마지
막 장면들이 되살아났던 것이다. 아니, 그보다는 더 멀리,
오래전부터 강박적으로 만나온 도스토옙스키적인 모든 것

이 한꺼번에 떠올랐던 것이다. 대상(세상) 앞에서 말로 표현할 수 없는 경지를 누군가는 허무라, 황홀경(환각)이라 했던가. 소파는 도스토옙스키가 숨을 거둔 곳이었다. 나는 서재 문지방에 서서 8시 38분을 가리킨 채 멈춰 있는 시계와 원고 더미들이 쌓여 있는 책상과 그 뒤 소파를 한동안 바라보며 꼼짝하지 못했다.

모스크바에서 발트해 연안의 상트페테르부르크로 향하는 야간열차에 오르며 나는 두 가지 이유로 가슴이 뛰었다. 루브르박물관, 대영박물관과 함께 세계 3대 박물관 중 하나로 평가되는 에르미타주박물관을 품은 예술 도시로서의 풍모와 『죄와 벌』, 『카라마조프가의 형제들』의 소설 현장이자 집필지로서의 도스토옙스키 공간에 대한 기대감이 그것이었다. 나의 경우, 도스토옙스키를 찾아가는 일은 "작가란 무엇인가"라는 질문과 등가였고, 그것은 곧바로 "인간이란 무엇인가", 나아가 인간이 꿈꾸는 "새로운 세계란 무엇인가"를 문제 삼는 것이었다.

여름의 상트페테르부르크는 백야 현상으로 새벽 3시에 해가 뜨고 밤 11시에 저물었다. 발트해와 핀란드만에서 바닷물이 거침없이 흘러들어와 네바강을 만들었고, 강을 따라 운하들이 도심으로 번져 있었다. 넵스키 거리를 걷고 차를 타고 지나다니며 수상 도시 암스테르담과 베네치아를 떠올렸다. 운하에서 보트를 타고 강으로 나가 보았다. 오후 6시임에도 태양 빛이 강렬했다. 북구의 강바람은 거셌고, 물결은 높고 차가웠다.

상트페테르부르크에서 나는 무엇을 보았던가. 도스토옙스키의 『악령』 속 주인공 스타브로긴이 꾸었던 백일몽처럼, 내가 보았다고 믿었던 인간 세상과 문학예술 또한 한갓 백야의 환각이 아니었을까. 다시 야간열차를 타고 모스크바로 돌아오는 길, 눈은 차창 밖으로 끝없이 지나가는 자작나무들을 바라보면서도 머릿속으로는 에르미타주에서 본 렘브란트의 〈탕아 돌아오다〉와 클로드 로랭의 그림들, 그리고 도스토옙스키의 공간들에 사로잡혀 있었다. 인류의 이상향을 화폭에 구현한 클로드 로랭의 그림이 도스토옙스키의 『악령』에 미친 영향을 나는 조금 알고 있었다.

기차는 모스크바를 향해 밤새 달리고, 도스토옙스키가 자신의 죽음을 예감하고 사랑하는 아내 안나에게 청해 들었던 성서의 한 대목, 그것을 그대로 아내에게 들려주었던 마지막 말이 기차 바퀴 소리와 함께 귓전에 울렸다. "나를 방해하지 말지어다."

잘 가요, 엄마

엄마가 해운대 달맞이 언덕으로 오신 것은 팔순을 넘긴 이듬해였다. 달맞이 언덕은 달이 제일 먼저, 그리고 휘영청 밝게 떠오르는 곳으로 유명하다. 달과 마찬가지로 하늘과 바다 사이, 해가 떠오르는 순간과 빛의 흐름을 온몸으로 느낄 수 있는 곳이다. 한마디로 빛이 충만한 공간이다. 엄마는 4년 반, 햇수로는 5년 동안 달맞이 언덕에 머무르다 큰오라버니 곁인 일산 호숫가로 옮겨 가셨고, 반년 후 저세상으로 떠나셨다. 향년 86세, 봄이었다.

엄마가 떠나시고 두 번의 봄이 왔다 갔지만, 아직도 나는 엄마한테 제대로 "잘 가요"라는 인사를 못 드리고 있다. 이 시대, 딸로서, 인간으로서 도리를 하고 산다는 것은 무엇인가에 대한 끝나지 않는 자문과 죄책감 속에 살고 있기 때문이다. 엄마가 달맞이 언덕으로 오셨지만, 내집에서 함께 사신 것이 아니었다. 나는 엄마가 이 바닷가 언덕으로 오시기 1년 전, 서울에서 내려온 신임 교수이자 외지인이었고, 중학생 아들을 둔 엄마였고, 논문과 신작 소설을 계속 써서 발표해야 하는 연구자이자 현역 작가였다. 엄마를 집에서 500미터 떨어진 요양병원에 모셨다. 그리고 4년 반 동안, 매주 주말이면 엄마 곁에서 보냈다.

　　　　요양원 시스템은 가족들의 생활을 원활하게 보장해주었다. 이곳에 엄마를 모시기 전, 10년 가까이 전국에 흩어져 사는 형제들의 생활은 그동안 겪어보지 못한 엄마의 이상 행동으로 좌불안석의 연속이었다. 달맞이 언덕은 누구라도 살아보고 싶은 아름다운 곳이고, 게다가 내 곁이었지만, 요양병원에 모셨다는 사실 때문에 자식들은 죄송함과 무력감에 시달렸다. 갈수록 아득해지고 혼미해지는 엄마의 정신을 일깨우기 위해 온갖 놀이와 재롱을 벌이고, "잘 자라"고 다독여 잠재워드린 뒤, 500미터 떨어진 집으로 돌아올 때면, 내 몸도 마음도 무너져 내렸다.

소설가는 자신이 처한 가장 절박한 현실을 어떤 식으로든 꺼내 쓸 수밖에 없는 존재이다. 내가 한 인간의 '잘사는 법(웰빙)'보다 그 삶을 '잘 마무리하는 길(웰다잉)'에 대해 사유하기 시작한 것은 다섯 형제의 막내였던 탓에 엄마의 노인화 과정을 오래 겪은 데다가, 엄마 인생의 마지막 시기인 4년 반의 요양원 생활을 지켜보면서였다. 이 시기, 나는 「환대」와 「구름 한 점」 등 생애 마지막 시기를 화두로 삼은 단편 소설들을 썼다. 이때 내가 가장 고통스럽게 매달린 것은 '인간이란 무엇인가'라는 질문이고, 그 핵심은 인간에 대한 도리 또는 예의, 곧 '윤리'였다. 고령화가 급속도로 진행된 2000년대 이후, 나뿐만 아니라 여러 한국 작가가 이 주제에 천착했다. 올해 이상문학상 대상 작품인 김경욱의 단편 「천국의 문」은 그 흐름에서 읽을 수 있는 최근작이다.

4년 반을 곁에서 보냈건만, 나는 엄마의 임종을 지키지 못한 불효자식이다. 요양원에 모셨다는 것 이상으로 죄책감이 내 심장에 박혀 있다. 엄마 없이 맞는 세 번째 설이다. 이번 성묘에서는 "잘 가요, 엄마"라고, 미뤄온 인사를 제대로 드릴 수 있을까.

그리고 삶은 계속된다

2015년 11월 14일 토요일 새벽, 전화벨이 울렸다. 과거 경험에 비추어 보면, 그 시간의 전화는, 대개 비보인 경우가 많았다. 그러나 예전처럼 가족 구성원이 한곳에 모여 살지 않고, 국내뿐 아니라 국외 여러 도시에 퍼져 사는 글로벌 환경이 되면서, 새벽 전화는 더 이상 불길한 전조만은 아니었다.

전화는 파리에 유학 중인 아이한테서 걸려 온 것이었다. 그 시각 파리는 13일 금요일 밤의 절정, 자정을 향해가고 있었다. 아이가 파리에서 생활하기 시작한 뒤로, 나의 아침은 파리의 자정과 같은 시간대로 펼쳐졌다.

아침에 눈을 뜨면 제일 먼저, 혹시나 도착해 있을 아이의 메시지를 확인했고, 내가 살고 있는 이곳의 아침 뉴스를 접하면서 동시에 저곳, 아이가 살고 있는 프랑스와 세계의 실시간 소식에 귀를 기울였다.

통화가 이루어지기 전, 몇 컷의 사진이 도착해 있었다. 프랑스와 독일의 축구 경기 장면이었다. 아이의 목소리를 듣기 전까지, 나는 열렬한 축구 팬인 어미를 위한 배려이려니 생각했지, 파리에서 무자비한 테러가 그 순간에도 가해지고 있음을 알지 못했다. 그날 아이가 축구 경기장(스타드 드 프랑스)에 가지 않은 것을, 또래들과 콘서트장(바타클랑)에 가지 않은 것을, 뜨거운 국물이 그리워 캄보디아 식당(리틀 캄보주)에 가지 않은 것을 천만다행으로 감사해야 할 일이 벌어지고 있음을 꿈에도 상상하지 못했다.

발터 벤야민이 지목한 대로, 파리는 오랫동안 프랑스인들만의 수도가 아니라 세계인의 예술 수도였다. 그러나 이제 파리는 거듭되는 테러에 심장이 가혹하게 난자당한 채 피를 흘리고 있었다. 아이는 1월 7일 샤를리 에브도 테러 때에도 파리에서 학교를 다녔다. 이번에 아이도 축구장에 갈 뻔했다. 학교 과제 때문에 포기하고 책상에 노트북을 펼쳐놓고 관전하고 있다가 폭발음을 들었다. 나는 아이가 지금 귓전에 속삭이는 말이 환청이 아닐까 잠시 의심했다. 잠에서 깨어난 것이 아니라, 소름 끼치게 끔찍한 악몽의 나락으로 떨어진 것 같았다.

그리고 사흘이 흘렀다. 파리 서울 할 것 없이 되풀이되는 테러와 참사 앞에 나는 부끄럽게도 패닉 상태였다. 고백하자면, 어떤 생각도, 글도 쓸 수 없을 정도로 무력감에 빠졌다. 그들도 나도, 모두 다 같은 인간이라는 사실이 견딜 수 없이 고통스러웠다. 그날 이후 아이와 메시지만 주고받았다. 목소리를 들을 자신이 없었다. 공포로 너무 긴장했던지, 아이는 탈이 나 몸이 아팠으나, 목소리는 담담했다. 나는 그것을 충격과 슬픔 속의 처연함으로 받아들였다.

테러에 저항하는 방법으로 파리지엥들은 숙연히 일상에 임하고, 축구 선수들은 경기를 계속하는 것을 택했다. 사람의 힘으로 저항할 수 없는 힘을 불가항력이라고 부른다. 불가항력을 겪은 사람들의 표정을 나는 조금 알고 있다. 죽음의 심연을 본 사람들의 삶은 언제나 '그리고'로 시작된다. '그리고'로 시작되는 글을 몇 번 쓴 적이 있다. 다시는 쓰고 싶지 않았는데, 이번에도 쓰고 말았다. 무고하게 희생된 분들의 명복을 빈다.

사랑에 관한 긴 이야기

해마다 이맘때가 되면 촛불 아래 펼쳐보는 한 폭의 그림이 있다. 렘브란트의 〈탕아 돌아오다〉가 그것이다. 오랫동안 화집의 복제본으로만 감상하다가 지난해 여름 상트페테르부르크 에르미타주박물관에서 원본을 확인했다. 여기 아버지와 아들이 있다. 아들은 누더기 옷에 거지꼴이고, 아버지는 움푹 팬 두 뺨에 백발이다. 아들은 아버지 앞에 무릎을 꿇고, 아버지는 몸을 숙여 두 팔로 아들의 두 어깨를 감싸 안고 있다. 그림에는 이들만 있는 것이 아니다. 화폭을 양분하자면, 왼편에는 재회하는 부자의 모습이, 오른쪽에는 이들을 지켜보는 증인들의 모습이 자리 잡고 있다. 내가 촛불에 의지해 세심하게 들여다보는 부분은 바스라질 듯 늙은 아버지의 얼굴과 그 앞에 꿇어앉은 아들의 두 발이다. 아들의 한쪽 발은 신발이 신겨져 있고, 다른 한쪽은 벗겨져 있다. 나는 이 장면에서 두 마음을 헤아려본다. 아들은 먼 곳을 헤매다 집으로 돌아왔으나, "아버지 저 왔어요!"라고 외칠 수 없다. 문밖에서 서성이다가 아버지의 모습과 마주치자 와락 달려들어 무릎 꿇는다. 그는 아버지의 상속을 챙겨 부모 형제로부터 멀리 떠났다가 방탕한 생활을 하며 모든 것을 날리고 빈털터리로 돌아왔다. 아버지는 오래전 집 떠난 아들을 기다리며 하루하루 살아왔다. 부랑아 같기도 하고, 죄수 같기도 하지만 아버지는 아들의 남루한 모습을 한눈에 알아보았다. 아버지는 "아들아!" 부르며 달려가 끌어안는다. 이들의 재회 장면을 그린 것이 렘브란트의 〈탕아 돌아오다〉이다. 서로를 향해 누가 먼저 달려갔는지 따지는 일은 부질없다. 아들의 참회도 아버지의 용서도 이심전심, 사랑 앞에서는 하나가 될 뿐이다.

　　　　매년 12월이면 함께하는 렘브란트의 〈탕아 돌아오다〉 옆에, 올해에는 세잔의 〈생트 빅투아르산〉을 펼쳐놓았다. 최근 부산 영화의 전당에서 〈나의 위대한 친구,

세잔)을 본 여파이다. 영화는 독학으로 자연의 이치를 깨닫고 그것을 바탕으로 화풍을 개척한 폴 세잔과 그의 친구 에밀 졸라의 우정을 그리고 있다. 한 사람은 그림으로, 또 한 사람은 소설로 자신이 살아 있음을 증명하고, 세상의 부조리와 싸워 빛을 밝힌 우직한 존재들이다. 이들의 출발점은 남프랑스의 엑상프로방스이다. 상트페테르부르크에 가면 렘브란트의 〈탕아 돌아오다〉를 만날 수 있듯이, 엑상프로방스에 가면 세잔의 아틀리에와 그의 지난한 고투의 현장인 〈생트 빅투아르산〉을 눈앞에서 경험할 수 있다.

스탕달이 말했듯, 행복은 인간에게 본능의 영역이다. 때로는 벅차게 용솟음치며 희열을 느끼고, 또 때로는 절망적으로 고통을 겪으며, 우여곡절 끝에 도달한 세밑, 나 자신과 가족, 친구들을 위한 따뜻하고 강인한 이야기, 사랑에 관한 긴 이야기가 간절하다.

괜찮다는 말은 차마 못했어도

초판 1쇄 2018년 7월 20일
초판 2쇄 2019년 3월 18일

지은이 / 함정임
펴낸이 / 박진숙
펴낸곳 / 작가정신
편집 / 김종숙 황민지
디자인 / 용석재
마케팅 / 김미숙
홍보 / 박중혁
디지털콘텐츠 / 김영란
재무 / 윤미경
인쇄 및 제본 / 한영문화사

주소 (10881) 경기도 파주시 문발로 314
대표전화 031-955-6230 팩스 031-944-2858
이메일 editor@jakka.co.kr 블로그 blog.naver.com/jakkapub
페이스북 facebook.com/jakkajungsin 인스타그램 instagram.com/jakkajungsin
출판 등록 제406-2012-000021호

ISBN 979-11-6026-088-5 03810

이 도서의 국립중앙도서관 출판시도서목록(CIP)은 서지정보유통지원시스템 홈페이지(http://seoji.nl.go.kr)
와 국가자료공동목록시스템(http://www.nl.go.kr/kolisnet)에서 이용하실 수 있습니다.
(CIP제어번호 : CIP2018018332)